KB052671

상처 퍼즐 맞추기

상처 퍼즐 맞추기

타인의 슬픔을 들여다보는 여자들이 건넨 위로

초판 1쇄 펴낸날 2022년 12월 20일

지은이 이현정, 하미나
펴낸이 이건복
펴낸곳 도서출판 동녘

책임편집 김혜윤
편집 구형민 정경윤 김다정 이지원 홍주은
마케팅 임세현
관리 서숙희 이주원

등록 제311-1980-01호 1980년 3월 25일
주소 (10881) 경기도 파주시 회동길 77-26
전화 영업 031-955-3000 편집 031-955-3005 전송 031-955-3009
블로그 www.dongnyok.com 전자우편 editor@dongnyok.com
페이스북·인스타그램 @dongnyokpub
인쇄·제본 영신사 라미네이팅 북웨어 종이 한서지업사

· 잘못 만들어진 책은 바꿔드립니다.
· 책값은 뒤표지에 쓰여 있습니다.
· 본문 172~173쪽에 실린 노래가사는 한국음악저작권협회의 인용 허락을 받았습니다
(KOMCA 승인필).

상처 퍼즐 맞추기

타인의 슬픔을 들여다보는 여자들이 건넨 위로

이현정 × 하미나

동녘

표지 설명

표지의 가장 위에 흰색 바탕에 금색 두 줄이 그어져 있다. 첫째 줄 위에 이 책의 제목, 《상처 퍼즐 맞추기》가 쓰여 있다. 둘째 줄 위에는 저자인 이현정, 하미나가 쓰여 있다. 이름 사이에 공저임을 뜻하는 곱하기 표시가 있다. 하단에는 부제인 "타인의 슬픔을 들여다보는 여자들이 건넨 위로"가 쓰여 있다.

그 아래에는 표지 그림이 있다. 그림은 커다란 세 개의 조각으로 이루어져 있다. 위쪽의 조각은 청록색이고, 왼쪽의 조각은 연한 초록색이고, 오른쪽의 조각은 선홍색이다. 조각들 사이에는 금이 간 것처럼 균열이 존재한다. 균열은 기울어진 알파벳 Y자처럼 생겼고, 빈틈없이 금빛으로 칠해져 있다. 마치 깨진 도자기 사이를 금으로 메운 것 같다.

—

표지 디자인은 기본적으로 시각 디자인입니다. 그래서 시력이 나쁘거나, 시각 장애가 있는 사람들 중에는 표지 디자인을 충분히 느끼지 못하는 이들이 있습니다. 동녘은 맞불 시리즈의 전권에 이 같은 표지 설명을 적어둠으로써 각 책이 전자책이나 오디오북 등으로 만들어졌을 때, 표지 디자인을 시각 외의 감각으로도 전달하고자 합니다. 동녘은 앞으로도 책을 사랑하는 모든 이의 더 평등하고 쾌적한 독서 경험을 위해 노력하겠습니다.

우리가 함께 만든 공감의 무늬

ㅇ

첫눈에 끌림을 느낀 뒤 자연스레 이어지는 연애처럼, 우리의 편지는 시작되었다. 명민한 독자라면 눈치챌 수 있을 것이다. 우리가 얼마나 조심스럽게 살금살금 상대방에게 접근해갔는지를. 우리는 혹여 작은 실수로라도 상대방이 실망하지 않기를 바랐고, 이 세상에서 쉽게 만날 수 없는 서로의 공통된 감각과 인연을 소중히 다루고자 했다. 미나가 좋아하는 프리다이빙처럼, 앞으로 우리의 이야기는 점점 더 깊은 바다 속으로 항해할 것이다.

　　연애가 그렇듯, 시간이 지나며 우리의 욕망은 점점 적나라하게 드러났다. 자신을 더 선명하게 드러내고자 하는 욕망, 그리고 자기 마음을 온전히 상대방에게 전달하고자 하는 욕망. 우리는 상대방이 자신을 더 정확히 이해하고 공감해주기를 바랐다. 그러다 보니 긴장감도 생겨났다. 우리가 싸우지 않았던 까닭은 미나의 너그러움 덕분이기도 하지만, 더 깊숙이는 둘 다 글을 쓰는 사람들로서 언어의 한계를 너무 잘 알고 있었기 때문이다. 살아온 궤적과 말로 환원될 수 없는 마음속 세계를 글자만으로는 충분히 표현해내기 어려웠다. 우리는 언어 너머 세계의 존재를 잊지 않기 위해 애썼다.

미나를 만나 편지를 나눌 수 있게 된 일은 내 인생의 커다란 행운이다. 나는 세대를 넘나드는 페미니스트들과의 만남을 갈망하곤 했다. 대학교의 여성학 수업 시간은 서로 다른 세대의 페미니스트들이 만나는 자리였지만, 교수와 학생이라는 틀 안에서 깊은 이야기를 나누기는 어려웠다. 미나와 미나의 친구들은 페미니즘 리부트 세대의 주역이다. 충격적이고 가슴 아픈 일들을 짧은 기간에 많이 겪었고 좌절도 여러 번 했을 테지만 동시에 그 속에서 급격하게 성장했다. 그들의 움직임과 반응은 1990년대에 20대를 겪은 우리 세대와는 달랐다. 나는 그들의 이야기를 듣고 싶었다. 생각을 나누고 싶었다. 그런 면에서, 미나와 나눈 편지는 나의 갈증을 채워주는 샘물이었다.

놀랍게도 우리 두 사람은 '우울증'을 탐색해왔다는

공통점이 있었다. 나는 제도권 학계에 속한 사람이고, 미나는 우울증으로 고통받는 여성들을 취재해《미쳐있고 괴상하며 오만하고 똑똑한 여자들》을 출간한 르포 작가다. 직업과 역할은 다르지만, 우리는 모두 타인의 고통을 '듣고 기록하는' 사람들이다. 사람들은 말한다. 어떻게 그 이야기를 다 듣고 있냐고. 분명히 고통의 서사를 듣는 작업은 편안하고 수월한 작업은 아니다. 그러나 우리는 안다. 고통의 서사를 들음으로써, 내 안의 상처들과 그들의 상처들이 보듬어지기도 한다는 것을. 함께 새로운 의미를 발견함으로써, 작은 연대의 실낱들이 엮여 공감의 무늬를 만들어내기도 한다는 것을.

비슷한 관심을 지니고 있지만 내가 조목조목 따지는 의사라면, 미나는 발랄하고 통찰력 있는 샤먼이다. 우리는 앞으로도 계속 나름의 방식으로 고통의 이야기를 들을 것이고, 치유와 연대에 관심을 둘 것이다. 어쩔 때는 의사의 조언이, 어쩔 때는 샤먼의 춤이 필요할 테니, 우리 둘이 함께 환대의 장소를 마련해도 좋을 것이다.

편지를 주고받으며 서로의 멋진 면모들을 알게 된 것은 우리의 편지가 선물해준 덕이다. 미나는 재밌고 사랑스러운 여인이다. 내가 울적할 때 핸드폰으로 보내준 하와이 훌라춤의 영상을 잊을 수가 없다. 어떻게 그런 영상을 해변 한가운데서 찍을 수가 있지! 나처럼 부끄러움이 많은 사람은 상상할 수 없는 일이다. 몇 번 편지를 나눈 어느 날 저녁, 우리는 친구 한 명씩을 데리고 망원동의 레스토랑에서 만났다. 와인을 나눠 마시며 마치 세상만사가 모두 우리의 관심사인 양 재잘거리며 떠들었다. 그날의 정점은 갑자기 내가 혼자 사라진 일이었다. 배가 고팠던 나는 말도 없이 나가 근처 국밥집에서 국밥을 한 그릇 먹고 돌아왔다. 웃음을 주는 방식은 다르지만, 우리는 둘 다 꽤 웃기다. 사뭇 진지해 보이는 편지들 뒤에는 이렇게나 실없고 우스운 여자들이 있었다는 사실을 기억하며 읽어주었으면 좋겠다.

이것저것 다 떠올려봐도, 결국 내가 원하는 것은 이것뿐이다. 미나와 내가 서로 편지를 교환하면서 느꼈던 기쁨, 전율, 그리고 벅차오름을 독자들이 함께 느낄 수 있다면 더 이상 바랄 것이 없을 것이다. 그 감정들은 이 시대를 살아가는 한 명의 여성이자 고통을 듣고 쓰는 자로서, 우리가 오랜 시간 동안 홀로 고민하며 가졌던 외로움과 서글픔을 상쇄시켜주고도 남았다. 우리는 함께였기에 언제나 개인의 삶 이상을 경험하는 풍성함을 누렸으며, 때로 힘들고 아파도 쉽게 부러지지 않을 수 있었다. 우리의 만남과 연결이 이 책을 통해 독자와도 이어질 수 있기를, 그리하여 우리가 엮어내는 공감의 무늬가 더 다양하게 펼쳐질 수 있기를 바란다.

이현정

차례

①

──────── 슬픔을 연구하는 슬픔 ────────

──────── 우울과 고통을 말하기 ────────

③ 나아지기 위해, 나아지지 않더라도

④ 네 곁에······ 내가 있어

슬픔을
연구하는 슬픔

하미나

깊은 슬픔을 지닌 이를

만나고 돌아오는 길에

동지 이현정 선생님께

　편지를 너무 잘 쓰고 싶어지면 결국 부치지 못하게
되지요. 잘 해보고 싶은 사람 앞에서는 허둥대게 되고요.
편지를 쓰기 전에 머릿속으로 여러 번 선생님께 말을 걸
었어요. 책으로 얽힌 약속이 아니었다면 끝내 보내지
못했을지도 모르겠어요. 전하지 못한 많은 편지들을 생
각하다가, 잘 쓰고 싶은 마음이 더 깊어지기 전에 글을
씁니다.

　아직은 선생님께 어떻게 말을 붙여야 할지 잘 모르
겠어요. 여러모로 조심스럽습니다. 제가 좋아하는 것부
터 소개해볼까요? 요즘 저는 먼 거리를 자주 이동하며
다닙니다. 지난주에는 대구와 부산에, 주말에는 가평에
다녀왔어요. 가평에는 K26이라고 부르는 잠수풀이 있

습니다. 수심이 26미터로, 아시아에서 가장 깊다고 해요. 그곳에는 수심을 타는 연습을 하려는 프리다이버들이 모여듭니다. 저도 그중 한 명입니다. 산소통을 매고 들어가는 스쿠버다이버들도 있지만, 저는 그들이 요란하다고 생각하는 편입니다. 수면 아래에서 뽈록뽈록 공기 방울을 내뿜으며 물고기들을 성가시게 하는 일 없이 조용히 자신의 숨만큼만 다녀오는 프리다이빙이 제게는 훨씬 흥미롭습니다.

물 아래로 내려가는 걸 좋아하는 이유는 고요함 때문입니다. 물속은 물 바깥보다 훨씬 조용해요. 깊이 잠수할수록 더욱 그렇습니다. 수심이 얕을 때는 부력이 중력보다 강해 발길질을 해서 아래로 내려가야 하지만, 10~12미터 구간에 도달하면 중성부력 상태가 됩니다. 떠오르지도 않고 가라앉지도 않아요. 우주에 가지 않아도 무중력 상태를 느낄 수 있는 구간입니다. 힘을 조금만 들여도 미끄러지듯 이동할 수 있어요.

이보다 더 깊어지면 부력보다 중력이 강해지는 음성부력 구간에 도달합니다. 이 수심 아래에서부터는 발길질을 하지 않아도 계속해서 하강해요. 그것을 프리다이빙에서는 '프리폴(자유낙하)'이라고 합니다. '낙하'라고 표현했지만, 프리다이버들은 나는 것 같다고 표현하고는 해요. 저는 이번에 프리폴을 살짝 경험했어요. 수압이 높아질수록 숨통이 조여오는 동시에 미끄러지듯 내려가는 기분이 정말 오묘했어요. 15미터에 도달했을 때는 오줌이 찔끔 나왔는데요. 이것도 물속에서 경험하는 몸의 변화인가, 아니면 무서운 건가 헷갈리더라고요.

깊이 내려갈수록 호흡 충동이 참을 수 없이 강해집니다. 불과 1~2분 사이에 일어나는 일인데, 고통이 극심해서 매초가 더디게 흘러가요. 그만큼 시간을 촘촘하고 강렬하게 보내는 기분이 들고요. 세포 하나하나가 예민해지는 것 같아요. 내게 허락된 숨 안에서 더 오래, 더 깊이 잠수하기 위해 계속해서 스스로를 진정시키고 생각을 멈추는 연습을 하게 돼요.

프리다이빙을 하면서 목표를 잊는 연습을 하는 것이 좋아요. 고개를 들어 내가 도달해야 할 수심을 확인하는 순간 심장 박동이 빨라지기 시작하거든요. 눈앞에 보이는 로프만을 바라보고 (보통 저는 눈을 감고 내려갑니다) 한 발 한 발 가다 보면 도달하는 게 목표수심입니다. 도달 못하면 말고요.

깊이 내려갈수록 조용하고, 혼자가 되는 기분입니다. 풀장이 아니라 바다에서 다이빙을 하면 이 기분은 훨씬 강해져요. 눈을 뜨면 내가 태어나서 본 것 중 가장 거대한 공간이 있어요. 위아래 양옆 방향의 구분도 없고요. 로프를 놓쳐서 시야에서 기준 사물을 잃어버리면 어디를 향해 헤엄쳐야 할지도 모르게 됩니다. 한국 바다는 특히 시야가 좋지 않고, 조류가 강하고 물도 차가워요.

바다는 모든 존재를 탄생시킨 생명의 기원이면서 동시에 생명을 앗아가는 공간이기도 하지요. 물속으로 잠수할 때마다 그것을 느낍니다. 프리다이빙은 제 삶에서 여러 역할을 하고 있습니다. 위험하고 고통스러운 것, 극도로 집중하고 긴장해야 하는 것에 이끌리는 저의 충동을 풀 기회를 주기도 하고요. 동시에 그 공포를 마주보고 그 앞에서 굴복할 기회를 주기도 합니다. 이기려 들면 심장 박동이 빨라지는데, 지고 들어가면 오히려 차분해져요. 무엇보다 바다에서 숨을 참고 돌아오면 일상에서 더 숨을 잘 쉴 수 있게 돼요. 주말에 잠수풀장을 다녀오지 않았다면 일상의 호흡을 다시 찾기가 쉽지 않았을 것 같아요.

가평에 가기 전에는 대구와 부산을 다녀왔습니다. 2030 여성 우울증 취재로 인터뷰를 하기 위해서요. 부산에서 만난 인터뷰이는 늦은 저녁 부산역으로 저를 마중 나왔어요. 몇 달 전 온라인 미팅으로 만났을 때보다

체중이 늘어난 모습이어서 처음에는 알아보지 못했어요. 온라인 미팅을 했을 때 그분은 거의 1년간, 병원을 갈 때를 제외하고는 늘 자신의 방 안에서 누워 지낸 상태였어요. 그러면 온몸의 근육이 다 빠진다고 하더군요. 그때는 해쓱한 모습에, 그러나 완벽한 메이크업 상태로, 웃음기 하나 없이 인터뷰를 진행했는데요. 부산에서 다시 만났을 때는 밝은 얼굴로 저를 맞아주셨고 인터뷰 때에도 계속 농담을 할 정도로 에너지를 회복한 상태였어요. 마음이 많이 놓였어요.

인터뷰를 하며 카페에서 2시간이 쏜살같이 지나갔어요. 못다 한 이야기가 많다는 생각에 내일 일정이 있냐고 물었더니, "그럼 우리 같이 놀까요?" 하시더라고요. 그분은 저를 호텔까지 데려다 주시고, 다음날 다시 호텔로 마중을 오셨어요. 함께 회정식을 먹으며 소주를 마시고 광안리 바다를 보며 수다를 떨다가, 커피도 마시고 씨앗호떡도 먹고 국밥도 먹고 길거리에서 우리를 쳐다보는 아저씨들을 마주 째려보면서 담배도 피웠어요. 그분은 회사와 가정 내에서 겪었던 폭력의 역사를 제게 오래 이야기하셨는데요. 한 번도 이런 이야기를 나눌 친구가 없었다고 하시더라고요. 한 번도 공감 받지 못했대요. 늘 별나고 이상한 애 취급을 받았대요. 지금 이 글을 쓰면서도 그분이 그리워지네요. 저는 기차 시간을 한 번 더 뒤로 미뤘어요. 기차역으로 가는 택시 안에서 그분은 이렇게 말했어요. "이제 작가님이 가시면 이렇게 들떴던 기분도 다시 가라앉게 되겠죠."

서울에 올라오고 나서 무리한 일정 때문이었는지 몸이 무척 힘들었는데요. 어처구니없게도 제가 그분을 두고 왔다는 생각이 계속 드는 거예요. 중증 우울증은 죽을 힘, 울 힘도 앗아가지요. 그분은 오랫동안 방안에서 완전한 암흑 속에 있었고 지금은 행복한 돼지가 돼서 기쁘다고 했지만 제 눈에 그분은 표범 같은 사람이었어요. 어울리지 않는 곳에 갇혀 지내 이제는 자기가 표범인지도 모르게 된 표범이요.

선생님께서도 깊은 슬픔을 가진 사람들을 만나오셨지요. 그분들을 만나고 돌아오는 길마다 어떤 생각을 하셨을지 궁금합니다. 설거지를 하다가 빨래를 개다가 메일을 보내다가 문득문득 떠올라 내가 다 억울해진 적이 있으셨을까요. 너무 커다란 타인의 고통 앞에서, 나의 고통에 대해서는 겸허해진 때가 있으셨을까요. 돕고 싶지만 도울 수 없는 순간을 자주 만나셨을까요. 고통은 결국 한 사람 안의 일이라 무력해진 때가 있으셨을까요. 함부로 이입하거나 공감하지 않으려고 거리를 둔 때도 있으셨을까요.

　하고 계신 작업이 너무 힘에 부칠 때에 선생님께서는 어떤 일들을 하시는지 궁금합니다. 저는 너무 어렵고 두려운 일을 만나면 숨을 참는 연습을 합니다. 바다가 주는 공포에 항복하는 것처럼, 에라 모르겠다 납작 항복하고 들어갔다 나오고자 합니다. 선생님께서도 이기려 들지 않고 항복하는 방식으로 통과하신 일들이 있을지 궁금합니다. 혹은 누군가를 떠올리며 남몰래 연대감을 느끼시지는 않을지 궁금합니다. 꽤 오랫동안 선생님은 제가 남몰래 연대감을 느꼈던 분이셨어요.

　오늘 햇볕이 무척 좋았습니다. 화창한 하루 보내셨길 바라며 첫 번째 편지는 여기서 마쳐보겠습니다.

2021년 5월 3일

이현정

마치 계속해서

화살을 맞는 사람처럼

편지 너무 반가웠어요. 언제쯤 오려나 기다리고 있었거든요. '내가 먼저 보낸다고 할 걸 그랬나?' 싶었으니까요. 작가님은 프리다이빙을 하시는군요. K26이라는 곳을 인터넷에서 찾아봤답니다. 아주 푸르디푸른 물이 가득 차 있는 곳이더군요. 저는 잠수에 대해서는 하나도 모르지만, '프리다이빙'이라는 단어에서 느껴지는 자유로움이 작가님과 잘 어울린다는 생각을 했어요. 특히 자유낙하 구간에서 거꾸로 비상의 기분을 맛본다고 하실 땐 아름다운 상상과 함께 부러운 마음마저 들더라고요. '나는 언제 그처럼 날아보는 느낌이 들었을까?' 생각해보았는데, 딱히 기억나지 않았어요. 늘 이것저것에 치여서 사는 각박하고 재미없는 삶이었나 봐요.

이 이야기를 할까 말까 망설였는데, 아직 저에게 '깊은 물'은 곧장 세월호 참사로 희생된 아이들을 떠오르게 한답니다. 캄캄한 암흑과 추위 속에서 손톱이 문드러지도록 살려달라 외쳤을 아이들. 누군가에게는 고요함을 느낄 수 있는 공간이지만, 누군가에게는 예기치 않은 생존의 끝자락이거나 사랑하는 사람을 다시는 볼 수 없게 만든 고통과 망각의 공간일 수도 있다는 생각을 했어요. 우리는 숨을 참을 수 있기도 하지만, 참을 수 없는 순간에 다다르기도 하지요. 그리고 때로는 도저히 숨을 참을 수 없는 순간까지 밀어닥치는 운명에 직면해야 하기도 하고요.

언제 기회가 되면 저도 작가님을 따라서 프리다이빙을 해보고 싶네요. 제가 운전을 해서 가평 잠수풀까지 같이 가는 것도 좋을 것 같아요. 가는 길에 이런저런 풍경도 구경하고, 중간에 내려 아저씨들을 마주 째려보며 담배도 피우고요. 추운 날씨라면 씨앗호떡도 좋아요. 이런 이야기를 하는 걸 보니, 작가님이 인터뷰를 위해 만났던 분과 노셨다는 이야기가 제게 엄청 재밌게 느껴졌나 봐요.

우울증 취재를 위해 만났던 분이 작가님을 반기고 함께 시간 보내는 일을 즐거워했다니, 그 이야기를 읽고 저도 무척 기뻤어요. 우리의 목적을 위해서 시간을 내고 어려운 이야기를 해주시는 분들이라, 우리로서는 늘 마음의 짐이 있잖아요. 더욱이 좋은 이야기들도 아니고요. 어떨 때는 혹시 나와의 인터뷰로 인해서 마음이 더 상하거나 극단적인 생각을 하게 되는 것은 아닐지 불안한 마음도 들지요.

날카로운 고통을 마주치는 순간들을 어떻게 견뎌 내냐고 물어보셨죠? 글쎄요……. 저는 사실 특별한 노하우는 없어요. 이런 답변은 도움이 안 될 테지만, 저는 그저 고통받는 이들이 내뱉는 소리와 기운을 늘 멍하니 온몸으로 받아들이고 있었던 듯해요. 딱히 그래야 한다고 생각했던 건 아니에요. 다만 고통의 이야기를 듣는 자리에서 내가 할 수 있는 다른 게 없더라고요. 가만히 받아들이는 게 내 몫이라고 생각했던 것 같아요. 옛 애인이 언젠가 제게 충고를 한 적도 있어요. 남들은 뜨거운 감자가 손에 쥐어지면 "앗, 뜨거!" 하면서 내려놓는데, 너는 왜 그것을 손이 타도록 쥐고 있냐고요. 언제나 있는 그대로 받아들이다 보니 많이 아팠어요. 마치 계속해서 화살을 맞는 사람처럼 몸과 마음이 피투성이가 되었지요. 그래도 제가 그들만큼 아프겠어요? 그런 생각을 하면서 버텼던 것 같네요. 그러다가 한계에 다다르면 쓰러지기도 하고요.

저는 고통의 이야기를 들으면서 어떻게 자신을 돌

보아야 하는지, 그 방법을 전혀 몰랐어요. 그리고 아직도 잘 모르는 것 같아요. 늘 다치고 피 흘리다가 시간이 지나면 회복되는 안타까운 과정의 반복이라고나 할까……. 그렇지만 이런 모습이 좋다고 말하는 건 절대 아니에요. 우리는 자신을 스스로 돌봐야만 남을 돌볼 수 있다고 생각해요. 그리고 그런 방법에 대해서 서로 나눌 수 있어야 하고요.

작가님이 제게 '동지'라는 표현을 쓰셨더라고요. 그 단어가 저를 한참 생각하게 했어요. 저는 91학번이에요. 당시에 '동지'라는 표현을 쓰는 사람들이 제 주변에 수백 명은 있었어요. 그런데 그 사람들은 지금 한 손에 꼽을 만큼도 남아 있지 않지요. 그들은 각자 자신의 길을 걸어갔어요. 잘못됐다고 말할 수는 없지만, 우리가 처음에 맹세하고 약속했던 것과는 다르거나 심지어 정반대의 길이었어요. 사람들은 바뀐 세상을 탓하기도 했고, 자신의 특수한 상황을 이유로 대기도 했어요. 저에게 '동지'란 안타깝고도 쓸쓸한 단어예요. 동지란 무엇일까요? 도대체 뜻을 같이한다는 게 뭘까요? 어째서 나는 그토록 많았던, 뜻을 같이한다는 사람들을 잃어버리고 2021년에 이토록 외롭게 살아가고 있는 걸까요?

저는 작가님이 나의 동지이기를 너무나 갈망하면

서도, 한편으로는 그 '동지'가 너무나 허약하거나 말뿐인 것이 아니기를 불안한 마음으로 바라봐요. 나이가 오십 가까이 되니 마음이 약해진 것일까요? 혹은 세상에 대한 믿음이 희미해진 것일까요?

저는 작가님이 제게 '동지'라고 하신 그 마음을 조금 더 알고 싶어요. 작가님에게 '동지'란 무엇인가요? 지금 작가님 주변에는 어떤 동지들이 함께하고 있나요? 다음 편지를 기다릴게요. 고맙습니다. 제게 보내주신 진심 어린 편지로 우리의 마음에 작은 실이 연결되어 가는 것을 느껴요.

2021년 5월 4일

하미나

세상과 나를

연결지어준 여자들

선생님, 안녕하세요? 하루 만에 답장을 주셔서 깜짝 놀랐어요! 선생님은 늦게 주무시는 타입일까? 아니면 굉장히 빨리 일어나시는 걸까? 홀로 깨어 있는 시간이면 선생님께서는 무엇을 하실까? 새벽에 온 편지를 읽으며 혼자 이런저런 생각을 했답니다.

저는 제 지병인 조울증 때문에라도 바른 생활 어린이 같은 루틴을 유지하는 편이에요. 감정 기복이 커질 때 가장 빠르게 나타나는 신호가 수면 패턴이 달라지는 것이거든요. 제가 만난 인터뷰이 중 한 명은 우울증이 극심할 때의 상태를 '래빗 홀rabbit hole'이라고 표현했어요. 끝도 없이 추락하고, 빨려들어가면 혼란스럽고, 스스로 탈출하기 어렵다는 점에서요. 저도 래빗 홀에 빠지지 않기 위해서 온갖 수단과 방법을 동원하는 것 같아요. 정말 무섭고 끔찍하거든요. 일상을 꾸려가는 가장 중요한 기준 같아요.

　　이렇게 쓰고 보니 제가 감정 관리를 우선순위로 두는 신자유주의 인간처럼 느껴집니다. 선생님께 자기 보호와 돌봄의 노하우를 듣고 싶었는데, 편지를 읽으니 자기 보호와 돌봄에 더 극성인 쪽은 저 같아요. 선생님께서는 돌봄을 제공해야 하는 관계망에 저보다 더 깊이 연루되어 있으실 거라는 생각도 듭니다. 그러느라 스스로를 돌볼 여력이 부족하시진 않을까 염려가 되어요.

　　돌봄을 제공하는 사람을 돌보는 것이 참 중요하다는 생각이 들어요. 그런데 이게 여성의 성역할과 결부되어서 마치 당연한 것으로 여겨질 때가 많죠. 돌봄 제공자는 더 많은 걸 감당해야 할 때가 많고요. 가령 가족 안에서도 여성 한 사람이 감당하는 돌봄의 양이 무척 많고 책임이 막중하다 보니, 돌봄을 다른 구성원과 나누는 일이 점점 더 어려워지는 것 같아요. 사실 서로가 서로를 조금씩 돌보면 할 만한 일인데요. 전에는 덤덤하게 말하는 사람을 보면 덤덤하구나, 생각했는데요. 이제는 저렇게 말하기까지 얼마나 길고 어려운 시간을 거쳤을지를 생각해요. 멋있는 사람을 봐도, '아, 저렇게 멋져지느라 얼마나 외로운 시간을 보내왔을까?' 생각하게 되고요.

'동지'라는 단어는 선생님께 역사가 깊은 단어군요. 반면 저에게 동지라는 단어는 거의 입 밖으로 꺼내본 적 없는 단어, 쓰면 이상했던 단어입니다. 저는 10학번이에요. 자연과학대 학생이었고요. 제가 입학했을 때 총학생회 선거는 몇 학기째 저조한 참여율로 무산되던 상황이었고, 자연대 학생회는 학내외 민감한 이슈가 생길 때마다 정치적인 입장을 내지 않겠다는 정치적인 입장을 내곤 했습니다. 학생 사회라고 할 만한 것이 거의 무너진 상황이었는데, 제가 인문대나 사회대 소속이 아니다 보니 훨씬 더 접할 기회가 드물었어요.

저의 부모님은 제가 대학에 입학하면 운동권이 될까 봐 걱정하셨는데요. 하지 말라고 하니 더 하고 싶었지만, 입학하고 본 학생운동은 이미 너무 시시해진 상태였어요. 우리 세대가 윗세대(부모 세대? 386 세대? 민주화 운동 세대? 뭐라고 해야 할지 모르겠군요)와 가장 다른 점 중 하나는 함께 겨냥해야 할 공통의 적이 없다는 점 같아요. 없다기보다는 만들지 못하고 있다는 표현이 더 정확하겠어요. 외부에 싸워야 할 공통의 적이 있을 때 공동체의 결속력이 강해지는 것 같아요. 적과 싸운 경험이 쌓일수록 내부 사람들 간의 관계가 깊어지고요. 제 세대의 청년들은 굉장히 고립된, 개인화된 싸움을 하며 지내는 것 같아요. 가난과 불평등을 겪어도 그것이 연대의 바탕이 되기보다는 차별과 혐오의 바탕이 되고요. 정말 안타까운 일이지요.

제가 동지라는 말을 처음 떠올리게 된 순간은 페미니즘 운동을 하면서부터예요. 강남역 10번 출구에서 수많은 여자들이 남기고 간 포스트잇을 읽었던 순간이요. 너무도 비슷한 일들이 너무 많은 여자들에게 반복되고 있었어요. 당시에 저는 성폭력 재판을 진행한 지 2년이 넘은 시점이었는데요. 제가 세상과 연결되지 못하고 고립된 채로 싸움을 지속하고 있던 때에 젊은 여성들이 일으킨 페미니즘의 불길이 제 경험을 해석할 수 있게 만들고, 나와 비슷한 경험을 한 타인과 연결되게 해주었어요. 그때부터 지금까지 쭉 이어지고 있는 이 운동의 경험이 남은 삶에도 큰 영향을 미치리라 짐작합니다.

제가 동지라 말할 때 어쩔 수 없이 여성이 떠오르네요. 그중에서도 글을 쓰는 여성, 또 그중에서도 타인의 고통을 보고 쓰기로 마음을 먹은 여성이요. 그들이 각자의 자리에서 쓰는 모습을 생각하며 위안을 얻습니다. 선생님 말씀대로 시간이 지나면 우리의 길이 달라지고 더 이상 함께 걸을 수 없는 때가 오겠지만, 그때는 또 그때의 동지를 새로이 만날 수 있지 않을까요? 선생님과 제가 이렇게 편지를 주고받는 것처럼요. 선생님께서는 91학번이라고 하셨지요. 그때는 어떤 분위기였을지, 어떤 동지들을 만나셨을지 궁금합니다.

지난번 편지를 쓰면서 내내 세월호 생각을 할 수밖에 없었는데 어쩐지 이야기를 꺼내기가 어려웠어요. 사실 저는 매번 세월호 이야기를 꺼내는 게 어렵습니다. 왜 그럴까요……. 그냥 하면 되는데, 싶으면서도 매번 말을 아끼게 돼요. 저의 침묵이 분명히 누군가에게는 상처일 수도 있을 텐데요. 하지만 반대로 사람들이 침묵하는 것 같아도 사실은 많은 것을 보고 있고 기억하고 있다는 뜻이기도 할 거예요.

무엇보다 4월을 보내신 선생님의 안부를 묻고 싶었습니다. 세월호 참사 이후 저를 포함한 많은 이들에게 4월의 의미가 크게 달라졌지요. 그날 이후 한국 사회가 세월호를 다루는 모습을 지켜보며 제 안의 무언가가 훼손되었던 것 같아요.

저는 제주에 내려와 있습니다. "조금씩 서로가 서로를 도우면 할 만한 일"이라고 말했던 인터뷰이를 만나러 왔어요. 1년 넘게 중증 우울증 아내를 돌보고 계신데, 내일 두 번째로 만납니다. 오늘은 바다에 들어가고 싶은데 날씨가 허락할지 모르겠어요. 언젠가 선생님과 쫄쫄이 수트를 입고 바다에 들어갈 날을 상상하며 열심히 수련하고 있겠습니다.

2021년 5월 11일

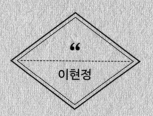

이현정

이제 도움 받는 일에

익숙해져보려고 해요

편지 감사히 잘 받았어요. 지금 제주에 내려가 계시군요. 인터뷰이 분께서 말씀하셨다던 "조금씩 서로가 서로를 도우면 할 만한 일"이라는 표현이 마음 깊이 와닿았어요. 똑같은 일이라도 누군가는 "도대체 이런 일을 누가 할 수 있겠어?"라고 투덜대지만, 누군가는 "조금씩 서로가 서로를 도우면 할 만한 일"이라고 생각하지요. 그렇게 말씀하신 분의 곱고 따뜻한 마음씨가 느껴졌어요.

하미나 작가님은 타인에게 도움을 잘 요청하시는 편인가요? 아니면, 견딜 수 없을 만큼 힘든 상황 속에서도 어떻게든 혼자 해내야 한다고 생각하시는 편인가요? 저는 사실 오랫동안 후자에 속한 사람이었어요. 힘들더라도 타인에게 도움을 요청하지 못했던 이유는 여러 가지예요. 어릴 때부터 학습된 '자기 일은 자기가 스스로 해야 한다'는 가치관 때문이기도 하고, '다른 사람에게 폐를 끼치면 안 된다'고 생각하기도 했고, 어쩌다 보니 언젠가부터 다른 사람들이 볼 때 '강한 사람'이라는 제 이미지가 거꾸로 스스로를 옭아매기도 했던 것 같아요. 제가 어느 정도로 다른 사람에게 도움을 요청하지 못했냐면, 삶에서 정말 도움이 필요했을 때마다 (심지어 가족에게조차) 한마디도 하지 않았어요.

그런데 이런 모습이 몇 년 전부터는 변해가고 있답니다. 제가 세월호 참사 피해자 구술증언 수집 일로 많이 힘들었을 때예요. 우울 증세와 더불어 무력감과 피로가 온몸과 마음을 사로잡고 있었죠. 그런데 그때, 제가 요청하지도 않았는데 한 친구가 어느 날 불쑥 저의 집에 찾아왔어요. 그리고는 저의 만류에도 불구하고 밀린 설거지와 청소를 하더니 밥을 해주는 것이었어요. 저는 지저분한 집 안과 깊은 무력감을 드러내게 된 것이 부끄러워서 어쩔 줄 몰랐죠. 그런데 창피하다고 느끼면서도, 그 친구의 손 내밂이 정말 큰 도움이 되더라고요. 일상을 타인에게 잘 공개하지 못하던 제게 신선한 충격이기도 했고요.

사실 "혹시 너희 학교에 이런 책이 있는지 찾아봐 줄 수 있어?" 같은 도움 요청은 하기 쉽지만, "우리 집에 와서 밀린 설거지 좀 해 줄래?"라는 요청은 하기 어렵잖아요. 그 친구는 이후에도 한동안 저의 일상 속으로 맘대로 침투해와서는 일상이 바로잡히도록 도와줬는데요. 어느 순간, 제가 타인의 고통을 안타까워하고 그들의 고통을 줄이고자 하면서도 저 자신은 도움을 받는 일과 무관한 것처럼 오만했던 게 아닌가 싶더라고요. 그다음부터는 저도 도움 받는 일에 좀 더 여유로워졌고, 거꾸로 다른 사람에게도 커다란 의미 부여 없이 도움을 줄 수 있게 되었어요.

생각해보면, 인간은 생애 일부분 동안 원하든 원하지 않든 누군가의 도움을 받으면서 생존하고 살아가잖아요. 아무리 '강하고 독립적인' 사람이라고 하더라도 갓난아기 때나 노년에는 타인의 도움에 의존하지 않을 수가 없지요. 그 생각을 조금만 확장해보면, 서로 돕고 사는 게 당연하다고 봐요.

오늘은 한 가지 공유하고 싶은 이야기가 있어서 해볼게요. 지난 수요일에 독서 모임이 있었고, 필리스 체슬러Phylis chesler의《정치적으로 올바르지 않은 페미니스트》를 읽었답니다. 체슬러가 말하더군요. "우리 2세대에게는 페미니스트 여성 선배들이 없었다. 어머니 또한 없었다. 우리에게는 오직 자매들뿐이었다." 이 부분을 읽으면서 1990년대에 제가 페미니스트로 활동했던 시기를 떠올리게 되었어요. 제가 활동했을 적에도 책으로 접할 수 있는 '여성 운동의 역사'는 있었지만, 윗세대와의 직접적인 교류는 거의 없었어요. 어쩌면 선배들도 똑같았을지도 모르지만, 우리는 모든 것을 밑바닥에서부터 다시 시작해야 했지요. 조직을 만들고, 민주적인 절차를 마련하고, 동료들 사이에 발생하는 갈등과 경쟁과 배제를 해결하기 위해 한동안 머리를 싸매고요. 어째서 페미니스트들의 경험은 세대를 거쳐 전달되지 않는 것일까요?

2016년 강남역 살인사건이 일어나고 전국적으로 여성들의 분노가 화염처럼 타올랐을 때, 저는 분노와 더불어 미안함과 자책감이 들었어요. 20년이 지난 지금에도 달라지지 않은 세상에 대한 분노, 어쩌면 우리 세대가 더 열심히 했더라면 이보다는 좀 더 나은 세상을 젊은 친구들에게 마련해줄 수 있지 않았을까 하는 미안함과 자책이었지요. 한편, 젊은 세대 여성들의 용기와 배려, 애도와 연대의 행동에 크게 감동하고 배우기도 했어요.

"개인적인 것이 정치적인 것이다." 미국 2세대 페미니스트 운동의 핵심 구호라고 할 수 있는 이 문장은 작가님도 익숙하실 거예요. 제가 활동하던 당시에도 이

구호는 우리에게 '여자들끼리 속내를 이야기하며 수다 떠는 것처럼 보일 수 있는 행위들'이 정치적인 변혁을 일으킬 수 있다는 정당성과 자신감을 부여해줬어요. 하지만 저는 이 문장이 가지는 힘을 여전히 인정하면서도, 요즘엔 혹시 우리가 지나치게 '개인적'이었던 것은 아닐까 반성해요.

예를 들어 남자들이 만드는 조직을 보면, 시대가 바뀌면서 어떻게 대응해야 할지 고민하기도 하고 다음 세대의 주자들을 양성하기 위해 노력도 기울이잖아요. 반면 우리 세대 페미니스트들은 각자가 당시에 직면했던 고민에 문제를 제기하고 싸워나가는 데 집중했지만, 그 문제들을 세대를 이어서 어떻게 발전시켜 나갈지, 그리고 다른 세대들과 어떻게 연대하고 함께 싸워나갈 수 있을지에 대해서는 상대적으로 고민이 부족했던 것 같아요.

그런 면에서, 하미나 작가님과 '동지'가 되는 이 과정이 제겐 매우 가슴 떨리는 일이기도 하답니다. 어쩌면 세대를 이어가는 경험을 새로이 만들어갈 수도 있지 않을까요? 설령 모든 것을 다 나누지는 못한다고 하더라도, 우리가 함께 고민해 온 '타인의 고통' 그리고 '페미니즘'에 대해서만이라도요. 사실 지난 편지에서 성폭력

소송에 관한 구절을 읽고, 얼마나 그 시기가 고통스럽고 고독했을지 (아마 제 상상을 훨씬 넘을 테지요) 가슴이 너무 아팠어요. 가능하다면 작가님의 다친 마음을 어루만져주고 싶었어요.

우리, 조금씩 어려운 이야기를 함께 나눠보기로 해요. 그리고 그것을 위해서라도 어디에서 무엇을 하든지 자신의 몸과 마음 건강을 꿋꿋이 챙기기로 하고요. 그럼, 오늘은 이렇게 편지를 마치도록 할게요. 또 이야기 나눠요.

2021년 5월 15일

하미나

수치심을 덜 두려워하기

선생님, 오랜만에 편지를 씁니다. 금요일에는 잘 들어가셨을까요? 밥 먹자고 연락 주셔서 반갑고 감사했어요. 각자 친구 한 명씩 불러서 같이 놀자는 제안도 좋았고요. 그날 만나 뵙고 돌아오는 길에 참 행복했어요. 선생님 주변에 좋은 친구 분들이 많은 것 같아 안심(?)도 되었답니다.

돌봄과 관련한 이야기를 하셨지요. 요즘 제가 가장 꽂혀 있는 주제이기도 해요. 선생님과 만나 뵙고 난 다음날 저는 일산에 갔어요. 우울증이 심한 친구가 걱정되었거든요. 아프다는 이야기를 웬만해서는 잘 하지 않는 친구인데 요즘 들어 약속을 잘 지키지 못하고 표정도 어둡고…… 최근엔 퇴사까지 했어요. 회사에서 겪은 일을 들어보면 산재라고 할 만한데 자발적 퇴사라고 실업급여도 받지 못한다더라고요.

우울증 취재를 하면서 회사 생활 이후에 우울증을 얻은 분들을 꽤 많이 만났어요. 제 친구는 "정신 차리고 보니 변기를 잡고 토하고 있었어"라고 말하더군요. 굉장히 능력 있고 성격도 좋은 친구인데…… 한국 회사의 어느 부분이 이토록 많은 사람들을 궁지로 몰아넣는 것일까요? 이 지점을 잘 찾아서 언어화하고 싶은데 쉽지 않아요. 회사 생활 힘들다는 이야기야 사람들이 워낙 많이 하니까요. 좀 더 낯설게 말해야 할 것 같은데, 어떤 점이 그토록 사람 피를 말리는 것인지 콕 집어 말하기가 어렵더라고요. 그러니 자꾸만 사람들이 이 이야기를 흘려듣게 되고, 회사 안에서의 고통은 지속되지만 바깥에 말하기는 어려워지고, 사람들이 이 이야기를 지겨워하므로 계속 속이 썩어가는 것 같아요. 고통은 고립될수록 심화되니까요. 한국에서 벌어지는 산재는 정말로 물리적인 훼손만 있는 것이 아니에요.

일산에 가서 별 건 안 했어요. 친구 밥 먹이고 집에 가서 거북이 이야기를 듣다가 핸드폰 게임을 하나 추천해주고 낮잠을 자고 왔지요. 거북이를 보여달라고 핑계 삼아 말했지만 사실은 집 상태를 보기 위해서 간 거였어요. 선생님 말씀대로 우울이 깊어지면 살림에서부터 티가 나니까요. 집에 들어가는 순간부터 친구 상황이 심각하다는 걸 알았어요. 친구는 일산에 살고, 저는 은평구에 사는데요. 친구가 저보다 더 자주 보고 가깝게 지내는 다른 친구들은 주로 관악구에 살아요. 학교 사람들이죠. 그래서 일산 근처에 가까운 친구가 있느냐 물었더니 없다고 하더라고요. 제가 걱정했더니 차라리 다행이래요. 우연히라도 자신의 엉망인 모습을 보이지 않을 수 있어서 그렇다고 하더군요. 제가 만난 날에도 거의 씻지 못한 모습이었어요. 퇴사를 하니 어떠냐는 질문에도 혼자 망할 수 있어서 마음이 너무 편하대요. 이전에는 우울 때문에 계속 실수하고 일이 밀려서, 미안한 마음이 많이 쌓여 힘들었대요. 회사 사수나 주변 동료가 뒤처리를 해야 하니까요. 아……! 정말 속상하네요. 다음 주에는 친구 집을 치워줘야겠어요.

　그 친구가 저와 대화하다 이런 말을 했어요. 돌봄을 요청하는 것이 힘든 이유 중에는, 내가 돌봄이 필요하다는 상태를 인정하는 게 어렵기 때문인 것도 있다고요. 무언가 온전하지 않은 상태, 불완전한 상태라는 것. 그리고 인간관계라는 게 아무래도 서로 주고받는 것이 있어야 하는데, 내가 받기만 하면 안 될 것 같다고요. 그런데 돌봄을 주는 사람도 사실은 받는 것이 분명 있기는 한데, 그게 말로 잘 표현이 안 된다고요. 그걸 잘 표현할 수 있을 때 마음이 좀 더 편하겠다고요.

선생님 말씀대로 우리는 태어나서 죽을 때까지 누군가의 돌봄을 받고 또 누군가를 돌보며 살아가죠. 막 태어나서는 내 똥오줌도 못 가리잖아요. 누군가 나의 엉덩이를 닦아주는 것에서부터 시작하는데, 우리는 어쩌다 같이 있어달라는 말조차 하기 어려워진 걸까요?

제가 한동안 '수치심'이라는 감정에 굉장히 몰두했었어요. SNS 팔로워가 많아지고, 글방을 찾는 사람들도 많아지고, 제 글이 전보다 많이 읽히면서 어느 날부턴가 사람들이 제 말에 마음을 움직이는 것이 보였어요. 그게 너무도 두렵게 느껴졌어요. 그래서 한동안 글방을 오래 쉬기도 했어요. 그 마음을 감당하는 것이 벅차게 느껴졌거든요. 이전까지 저는 하고 싶은 말 다 하고 살고 싶은 대로 살아왔는데, 더 이상 그럴 수 없는 때가 온 거였죠. 저에게는 엉망진창인 모습도 많은데 이런 모습을 사람들에게 들키게 될까 걱정도 됐고요. 뭔가 잘못되어서 공론화를 당하게 되는 일도 무서웠어요. 제가 잘못하지 않더라도 그런 일이 얼마든지 생길 수 있으니까요.

시간이 지나고 제가 깨닫게 된 건, 제가 수치스러운 상황을 그토록 두려워했던 이유는 교양 있고 깨끗하

고 아름답고 정치적으로 올바르며 독립적인 상태의 나
만 나로 받아들였기 때문이었다는 거였어요. 그렇지 않
은 상태의 나를 인정하고 싶지 않았던 것이지요. 나의
일부분만을 인정하고 좋아하고 있었구나 생각했어요.
실수하고 못되고 추하고 늙고 병든 모습의 나도 나일
텐데 말이에요. 그 이후로는 수치심을 조금 덜 두려워
하게 되었어요.

　이 이야기를 일산에 사는 친구와 순두부를 먹으며
울고 웃으며 나누었답니다. 쓰다 보니 길어졌네요. 선
생님이 말씀해주신 세대 간 페미니스트 이야기에 관해
서도 하고 싶은 말이 더 있는데 다음 편지에서 차차 나
누도록 해볼게요. 주말 잘 보내셨는지 모르겠어요. 오
늘은 꽤 더웠어요. 여름이 오고 있나 봐요. 이야기 또 나
눠요.

2021년 6월 6일

우울과 고통을 말하기

이현정

우울증에 걸리지 않기가

어려운 사회

답장이 좀 늦었네요. 작가님이 보내주신 회사 생활 이후의 우울증에 관한 이야기를 읽으며 마음이 복잡했어요. 마침 저도 최근에 회사일로 인해 우울증을 겪는 여성들의 이야기를 연달아 접했던 참이었거든요. 우울증 연구를 꽤 오랫동안 해왔지만, 이것은 간단한 문제로 보이지 않아요. 최근 들어 젊은 사람들의 우울증이 증가하게 된 원인은 도대체 무엇일까요? 한국 회사의 문제일까요? 한국 여성의 문제일까요? 아니면, 우리가 쉽게 볼 수 없지만 뭔가 다른 차원의 문제인 것일까요?

저는 우울증을 단지 개인적인 문제로 환원해서 보는 관점, 특히 뇌 속 신경전달물질의 문제로 보는 의학적인 관점에 대해서 답답함과 한계를 느껴요. 물론 '치료'를 해야 하는 의사들의 관점에서는 어쩔 수 없겠지요. 이들은 눈에 직접 보이는 증거로서 증상을 찾고, 그

증상을 감소시키는 방법을 '치료'라고 생각하니까요. 그렇지만 우울증을 신경전달물질의 문제라고 보더라도, 어째서 그런 문제가 오늘날 이토록 많은 사람에게 발생하고 있는가에 대해서 우리는 더 질문할 필요가 있어요.

오늘날의 사회는 물질적 풍요와는 반대로 개인에게 정신적으로 지나치게 과도한 짐을 부과하고 있다고 생각해요. 오늘날 한국 사람들은 너무나 많이 (그리고 자주) 회사에서 자신이 제대로 일을 처리하지 못한다고 괴로워합니다. 분명히 과거보다 더 많은 것들을 배우고, 학력도 높아졌으며, 일 처리 능력이나 정보 습득에서 더 전문적인 지식을 가지고 있는데도 말이죠. 겉으로도 내면적으로도 '멀쩡한' 친구들이 자기를 비하하고 세상에 환멸을 느끼고 있어요.

회사 생활이 지나치게 힘든 까닭은 두 가지 측면에서 현대의 사회적 특성과 연관이 있다고 생각해요. 첫째, 우리 사회가 지나치게 빠른 속도로 개인의 발전을 강제하고 있지요. 평생 같은 일을 반복하며 살더라도 아무런 문제가 없었던 이전 세대에 비해, 오늘날 우리는 그 자리에 가만히 머무르거나 똑같은 일을 반복하는 것이 곧 퇴보이자 지체라고 생각합니다. 사회의 요구가 빨리 변화하는 만큼 우리는 늘 그에 맞춰 서둘러 변화해가야만 하죠. 그런데 사실 그런 삶은 엄청난 노력과 자기절제가 필요할 뿐 아니라, 참으로 피곤한 일상입니다. 어떻게 늘 새롭고 더 나아질 수가 있겠어요? 우리는 매일같이 피로에 찌들어 있습니다.

둘째, 현대 자본주의 사회는 경쟁이 지나치게 심해요. 단지 요즘 경제 상황이 좋지 않아서만은 아니에요. 이윤 추구가 목적인 회사에서, 개인은 이윤을 뽑아낼 수 있는 기계처럼 다루어집니다. 이윤 추구가 목적이 아닌 기관조차도 기업을 모델로 삼아 개인을 성과물로 평가해요. 우리가 청소기를 구매할 때 어떤 브랜드의 기계가 더 기능이 좋고 에너지 효율적인가를 판단하는 것처럼, 조직은 사람을 판단하고 평가하죠. 그 결과 누구는 승진 심사에서 올라가고, 누구는 떨어집니다. 마르크스Karl Marx가 이미 1867년에 《자본론》에서 묘사했듯, 오늘날 물질주의 사회 속에서 개인들은 그저 가치가 비교되는 상품—즉 물건에 불과한 거죠.

더군다나 우리 사회는 이처럼 끝없는 발전에 대한 요구와 지나친 경쟁 속에 밀려나는 사람들에게 배려나 도움을 제공하기는커녕 동정심조차 보여주지 않아요. 실패의 원인은 모두 적절히 따라오지 못한 개인에게 있다고 너무나 쉽게 단정 짓습니다. "과거보다 조금 일하고, 충분히 먹고살게 해주며, 심지어 가끔 비싼 물건도 살 수 있게 해주니 당연히 그 정도의 어려움은 노력해서 적응해야 하는 게 아니냐"는 비판을 쉽게 하죠. 게다가 이러한 끔찍한 과정에서 살아남은 개인들은 그렇지 못한 개인들을 마치 '능력 차' 때문인 것처럼 무시하곤 합니다. 사람들 간 '공통 감정'의 기반이 사라져가고 있는 거죠. 모두 외로울 수밖에 없어요.

저는 오늘날의 사회에서 우울증에 걸리지 않기가 매우 어렵다고 생각해요. 치료를 받아야 할 정도인가 아닌가의 차이가 있을 뿐이죠. 이런 사회에서 살아가면서, 몇몇 예외적인 '초적응자'들을 제외하고 누가 삶을 편안하고 안락하게 느낄 수 있겠어요? 반면 세상은 온통 '초적응자'들만을 정상이라고 간주하고 있는 상태죠.

쓰다 보니 암울하고 비관적인 이야기가 되어버렸네요. 우울증에 관해 생각하다 보니 저도 모르게 우울한 감정이 들게 돼요. 어째서 우리 인간들은 그런 삶을 '정상'이라고 생각하고 살아가게 되었을까요? 조금 다른 관점에서 본다면, 이보다 나은 사회가 가능할 수도 있지 않을까요?

저도 세대가 다른 페미니즘 이야기는 채 꺼내지도

못했네요. 다음번엔 그 이야기를 함께 나눠도 좋을 것 같아요. 우울증에 관한 이야기를 더 나누어도 좋고요. 작가님이 쓰고 계시다는 우울증에 관한 책 이야기도 듣고 싶어요. 오늘은 이 정도로 쓰고 다음을 기약할게요. 어디서 무엇을 하든지 편안하고 건강하게 보내시길 바라며.

2021년 6월 23일

66

하미나

제가 잃어버린 사람들을

기억해요

선생님, 제가 답장이 많이 늦었습니다. 오래 기다리시게 한 것 같아 죄송해요. 그동안 저는 단행본 초고 마감을 하고 왔습니다. 거의 두 달 동안 책 한 권의 초고를 다 쓴 것 같아요.

매일 엄청난 글을 썼는데 정말 힘들었어요. 흡연량이 폭발적으로 늘었답니다. 그래도 지난주에는 초고를 탈고하고 총 3부로 이루어진 책의 2부 퇴고까지 마쳤어요. 3부의 퇴고를 진행하던 중에 집안에 일이 생겨서 지금은 오빠 집이 있는 충청도에 와 있습니다. 에어컨이 없는 집이라 무척 덥지만 창문 바깥에 금강이 멋지게 흐르고 있어요. 아침에는 나가서 땡볕에 오래 걸었는데, 더워서 땀이 줄줄 났지만 그래도 아름다웠어요.

지난번 편지에서 선생님께서 말씀하신 내용에 구구절절 동감했어요. 선생님께서 정확한 언어로 표현해주셔서 저도 생각을 더 뾰족하게 정리하는 데 도움을 받았습니다. 무엇보다 이렇게 말씀해주신 것이 제게 인상 깊게 남았어요. "사회의 요구가 빨리 변화하는 만큼 우리는 늘 그에 맞춰 서둘러 변화해가야만 하죠. 그런데 사실 그런 삶은 엄청난 노력과 자기절제가 필요할 뿐 아니라, 참으로 피곤한 일상입니다. 어떻게 늘 새롭고 더 나아질 수가 있겠어요?"

제 책에도 사회에 관한 이야기를 하는 장이 있습니다. 거기서 저는 여성에게 가해지는 두 가지 방향의 억압을 이야기하는데요. 하나는 젊은 여성이 젊은 '여성'이어서 갖게 되는 어려움들이고요. 다른 하나는 신자유주의 시대의 노동자로 살아가면서 갖게 되는 어려움들입니다.

그런데 이 이야기를 쓰면서 좀 찔렸어요. 왜냐하면 어떻게 보면 제가…… 무척 신자유주의적으로 살아간다고 느끼거든요. 저는 늘 바쁘게 지내온 것 같아요. 성인이 되고는 더 심해졌고요. 뭔가를 빠르게 많이 이루는 것을 좋아하고, 탁월함에 대한 강박도 있습니다. 자신을 훈육하는 것을 즐기고, 성장과 변화를 추구하고 그것을 방해하는 요소들을 적극적으로 제 삶에서 내치며 지내왔던 것 같아요. 대학생 때도 학과 술자리나 동아리 뒤풀이에 가지 못했는데요. 술을 먹고 놀기에는 해야 할 일이 너무나 많다고 느꼈기 때문이었어요. 그래서 친구들이 주말에 클럽에 가거나 진탕 술을 마시며 노는 게 한편으로 신기해 보이기도 했어요.

언제나 돈을 벌며 공부해야 했기 때문에 시간이 부족했어요. 그러면서도 잘하고 싶으니 책상 앞에 더 오래 앉아 있게 되고요. 저는 대학에 오기 전까지 주변에 지식인이라고 할 만한 사람들이 한 명도 없었어요. 그래서 문화, 예술, 사회 같은 주변 지식이 많이 부족했어요. 특히 학교 정규 과정에서 배울 수 없는…… 뭐랄까, 삶에서 젖어들며 배우게 되는 지식들이 있잖아요? 어느 나라에 어느 미술관이 있다든지, 한국에는 어떤 예술가가 활동한다든지, 낯설고 이국적인 미적 경험 같은 것들이요.

지금 저는 어디를 가도 관련한 대화에 낄 수 있고, 아마도 다른 사람들에 비해 훨씬 많이, 새로운 것들을 알고 있는 축일 거예요. 무슨 말이 하고 싶냐면, 그런 변화가 있기까지는 제게 10년 정도의 시간이 필요했는데 그동안 참 많은 사람들을 떠나보냈다는 거예요. 그리고 그게 제가 저를 키운 방식이었던 것 같아요. 저는 너무나도 배우고 성장하고 싶었고, 제게 무언가 가르쳐줄

수 있는 사람들과 무리를 쫓아다녔던 것 같아요. 그런
데 그들은 제가 크고 나면 어느새 작아 보이고, 그러면
전 또 욕심이 생겨서 다른 것들을 쫓아가고, 그들과 멀
어지고……. 이런 일들이 계속 반복되어 왔다는 생각이
들어요.

누구나 특정 시기에 만난 사람들을 통해 성장하겠
지요. 아마 서로가 서로를 키울 거예요. 그런데 요즘은
저와 멀어진 사람들이 종종 떠오르면서 약간의 죄책감
과 함께 쓸쓸함을 느껴요. 미안한 마음이 들면서도, 그
시기에 제가 가진 열망이 무엇이었는지 더 잘 보이기도
해요. 제가 잃어버린 사람들을 언제나 기억할 것 같아
요. 선생님께서는 저보다 더 많은 만남과 이별을 경험
해 오셨겠지요. 선생님이 떠나보낸 사람들이 선생님께
남긴 것은 무엇이었을지 궁금해집니다.

저는 이번에 우울증 책을 쓰면서 이 작업을 통해
제게 남은 것이 '절망하지 않을 책임'이라고 느꼈어요.
책으로나마 이야기의 끝을 맺을 수 있는 사람으로서 내
게는 그런 책임이 (기대하거나 원하지 않았지만) 주어졌구
나, 하고 생각했어요.

창문 너머로 바람이 들어와 시원하네요. 금강을 지
나쳐 온 바람들이겠지요? 선생님께 또 말씀드리고 싶

은 것이 있어요. 먼저, 제가 최근에 사이먼 크리츨리Simon Critchley라는 영국 철학자의 《자살에 대하여》라는 책의 해제를 썼는데 이 책을 선생님께도 보내드리고 싶어요. 꽤 괜찮은 책입니다.

그리고 우울증에 관한 제 책을 마무리 짓고 선생님께 가장 먼저 보여드리고 싶었어요. 지금 마무리 단계인데요. 괜찮으시다면 선생님께 추천사를 부탁드려도 될까요? 선생님께서 이 분야의 권위자이신 것은 말할 필요도 없고요. 이 책을 준비하는 과정에서 선생님과 편지를 주고받았다는 점이 좋아서, 선생님의 추천사를 실을 수 있다면 멋지겠다고 생각했어요.

원고는 16일쯤 보내드릴 수 있을 것 같고요. 추천사는 24일까지 주셔야 한다고 합니다. 마감이 널널하지 않아서 부탁드리기 조심스럽습니다. 일정 확인해보시고 편히 알려주세요. 그럼 답장 기다리겠습니다. 고맙습니다.

2021년 8월 10일

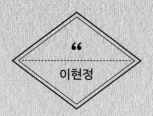

이현정

안다고 생각하지만

사실 잘 모르지요

보내주신 편지를 읽으면서 문득 제 대학 후배 한 사람이 떠올랐답니다. 어쩌면 작가님 덕분에 그 친구를 조금 이해할 수 있게 됐다고 해야 할까요?

이 친구는 공부하거나 대학을 다닌 사람이라고는 하나도 없는 집에서 태어났고, 몹시 가난한 동네에서 살아왔어요. 대학에 들어온 다음에는 빈민운동에도 참여하곤 했지만, 이 친구의 관심과 열망은 그러한 실천적 활동보다는 공부에 있었던 듯해요. 뛰어난 학문적 영특함과 논리적 사고를 지니고 있었고요. 저는 이 친구를 학내 세미나에서 알게 됐는데, 워낙 외모도 화려한 친구인 데다가 집안 이야기를 하는 분위기가 아니어서 그러한 배경은 전혀 몰랐어요. 나중에 제게 해준 이야기를 듣고서야 알게 되었죠.

하미나 작가님과 제 후배 두 사람의 이야기를 가

지고 일반화를 해서는 안 되겠지만, 작가님이 말씀하신 자신의 모습과 제 후배의 모습은 어찌 보면 쌍둥이처럼 닮았어요. 둘째가라면 서러워할 만큼 철저한 자기관리, 배움을 향해 타오르는 열정과 흡수력. 그리고 이 사람에서 저 사람으로 친밀한 집단이 계속 바뀌는 과정.

사실 이 이야기는 제 상처에 대한 이야기예요. 그 후배와 저는 대학 시절 매우 가까운 사이였어요. 제가 공부하던 사회과학과 페미니즘에 관심이 있다고 해서 모임에 데려가기도 했고, 대학원에 진학하고 싶다고 해서 모르는 것을 가르쳐주거나 선배로서 시험 정보를 알아봐주기도 했어요. 그런데 원하는 대학원에 진학한 다음부터는 어느 순간 저로부터 거리를 두더라고요. 대학원의 중심이었던 선배들과는 점점 가까워지고 친해지고요. 이후에도 비슷했어요. 마치 돌다리를 건너가듯이, 자신을 성장시켜줄 수 있는 사람에게로의 끊임없는 이동이랄까……. 어느 순간 대학원생들도 무의미해졌고, 박사나 교수들만이 그 후배의 친밀감과 지적 욕구를 충족시켜줄 사람이 되었죠.

그렇게 그 친구는 제 인생에서 지나갔는데요. 한참 동안 잊고 있었는데, 작가님의 편지를 읽으면서 '어쩌면 그 친구도 남달리 배움에 목말랐을 수도 있겠구나, 그래서 그렇게 사람들 사이를 섬을 건너가듯 이동해야 할 수도 있었겠구나' 하는 생각을 하게 되었네요. 어쩌면 제가 상상할 수조차 없는 고민과 바쁜 일상이 있었을지도 모르겠고요. 덕분에 약 25년 전의 일을 이제야 조금 이해하게 되었다고나 할까요? 밉지는 않았지만 섭섭한 마음이 내심 있었는데, 덕분에 좀 치유가 된 기분이에요. 사실 가까운 사람들 사이에서도 모르거나 오해하고 있는 일이 너무 많죠.

늘 따지는 게 직업인 사회과학을 하는 사람인데도 저는 실제 인간관계에서 이해가 잘 안 되는 일을 겪을 때 직접 물어보거나 하나하나 따지는 성격이 못 된답니다. 그래서 어떤 경우에는 사실관계를 잘 알지 못한 채 나름대로 두루뭉술하게 해석을 하면서 지나가는 경우가 많아요. 두 가지 이유 때문인데요. 먼저 사실관계를 하나하나 언어로 따지면서 상처가 더 구체화하고 날카로워질까 봐 두려워하는 마음이 있고요. 다른 이유는, 진실은 말로 표현되지 않는 어딘가에 있다고 믿기 때문이에요. 특히 관계가 어색해지거나 나빠졌을 때 서로 말로 풀어내는 것에 대한 거부감이 있어요. 적어도 제 경험으로는 말이 치유의 효과보다 상처를 들추는 역할을 더 많이 하는 것 같거든요.

그러다 보니 주변 사람들로부터 "아니, 갑자기 왜 그래?"라는 말을 듣는 경우가 종종 있답니다. 아마도 좋은 습관은 아닐 거예요. 누구에게 상처를 받았을 때 바로바로 말하고 해결했더라면 마음속에 쌓여 있지 않았을 텐데, 저는 대개 상처를 참고 견디는 편이거든요. 그러다가 우연히 다른 계기로 상대방이 멀어지면 '그런가 보다' 하고 받아들이고, 만일 제가 더 이상 견딜 수 없는 지경이 되면 불현듯 '헤어짐'을 선언하곤 하죠. 상대방은 '이게 무슨 일인가?' 싶을 수도 있을 텐데, 저로서는 수년 동안 일어난 일을 하나하나 기억하고 정리해서 말하지도 못하니까 딱히 설명할 길도 없어요. 그저 "내가 더 이상 견디기가 어려워서 그래" 정도밖에는 할 말이 없더라고요.

어쩌다 보니 오늘 편지는 아주 오래전의 기억을 끄집어내고 스스로에 대해 돌아보는 시간이 되었네요. 나이가 오십이 되어서인지 이제는 나를 어떻게 바꾸고 싶다든가, 나의 이러저러한 모습이 싫다든가 하는 마음이 강렬하지는 않아요. 막상 바꾸려고 해도 잘 되지 않더라고요. 그보다는 사람마다 다른 부분이 있다는 것을 좀 더 받아들일 수 있게 되었어요. 무엇보다, 우리가 '안다'고 생각하지만 실제로는 '잘 모르는' 것이 있다는 점을 생각하게 돼요.

두 달 동안 부지런히 책 초고를 마무리하는 작업을 하시느라 힘드셨겠어요. 쉽지 않은 일인데, 일단 끝냈다는 것에 박수를 보내요. 시작하기도 어렵지만, 끝내는 일은 더욱더 어려운 일이니까요. 책의 추천사는 감사하는 마음으로 써볼게요. 조금이라도 도움이 되면 좋겠어요. 그럼 또 이야기 나눠요. 더위가 가시면 한번 만나고 싶네요. 코로나 시기가 길어지는데, 건강하시고요.

2021년 8월 22일

부단히 연습하며

마음을 전하려 애써야 해요

선생님, 안녕하세요? 먼저, 추천사를 써주셔서 정말로 감사해요. 우울증과 관련한 논의에 의사, 심리상담사, 학자 등 전문가만 참여할 수 있다고 생각하지 않는다고 호기롭게 썼지만 그래도 내가 이 얘기를 해도 될까, 걱정하는 마음이 컸거든요. 선생님께서 응원을 더해주시는 것 같아 큰 힘이 되었어요. 고맙습니다.

요즘 저에게는 다양한 감정이 찾아들고 있어요. 책을 출간하고 나니까 긴장이 풀려서 그런가 봐요. 마치 둑이 무너지듯이 감정들이 쏟아지는 것 같아요. 원고를 쓸 때는 마감이 워낙 밭다 보니 하나하나의 주제와 이야기에 대해서 슬퍼할 여력이 없었거든요. 감정을 느끼기보다는 얼른 눈물 닦고 책을 완성해야 한다는 마음이 훨씬 컸어요. 그 마음이 없었다면 완성하기 어려웠을 거예요. 그런데 요즘은 미뤄뒀던 감정들이 뒤늦게 밀려오는 것 같달까요.

　책이 출간돼 무척 기쁘지만, 독자들의 후기를 읽으며 위로받기도 하지만, '그렇다고 해서 죽은 사람이 살아 돌아오는 것도 아닌데……' 이런 생각이 들기도 해요. 여전히 인터뷰이 몇 명은 자살을 암시하는 내용을 SNS에 올리기도 해요. 고통의 밤을 홀로 보낼 사람들을 생각하면 너무 속상해집니다. 얼마나 괴로울지, 얼마나 외로울지……. 제가 할 수 있는 건 안부 연락과 기프티콘 보내는 것 정도예요.

　이런 마음이 들면 스스로 되묻게 돼요. '너 정말 그 사람을 걱정하는 거야? 아니면 네가 상처받을까 봐 걱정하는 거야?' 가만히 생각해보면, 상실이 두렵습니다. 제 마음이 아플까 봐 두려워요. 그래도 책이 인터뷰이들에게 위로와 힘이 되는 것 같아요. 자살 생각이 들면 찾아 읽는대요. 알아줘서 고맙대요. 그런 이야기를 들을 때면 이 책을 통해서 이루고 싶은 것은 다 이루었다는 생각이 들어요.

　저는 제가 예순 살 정도가 돼야 책을 쓸 수 있을 줄 알았어요. 그리고 누군가가 내 고통에 대해 진지하게 들어줄 거라는 생각을 해본 적이 없어요. 상상했던 시기의 절반의 나이에 첫 책을 냈고 사람들에게 관심을 받는 것을 보니 솔직히 믿기지 않아요. 내일 아침 일어나면 모든 것이 꿈일 것 같아요. 꿈이 현실이 되고, 그 현실이 하루하루 지속되면, 앞으로 저의 삶은 어떻게 될까요? 기쁨과 동시에 그걸 온전히 누리지 못하겠는 마음, 밀려오는 슬픔과 허무함이 한꺼번에 제게 찾아오고 있답니다.

얼마 전 영화 〈벤자민 버튼의 시간은 거꾸로 간다〉를 보았어요. 정말 아름다운 이야기라고 생각했어요. 친구가 "뭐가 아름다운데?" 묻길래 저도 모르게 "사람들이 만나고 헤어지는 게 아름다워" 하고 말했어요.

주인공 벤자민 버튼은 쭈글쭈글 노인의 모습으로 태어나, 시간이 흐르면 노화하는 사람들과는 달리 점점 어려져요. 그래서 그는 일찌감치 상실을 배워요. 인연이 어긋나는 경험을 자주 하고, 이를 견디는 법을 배우지요. 벤자민과 그가 사랑하는 사람인 데이지가 처음 만났을 때, 그는 아이지만 노인의 얼굴이고 데이지는 소녀예요. 다음번 인연이 닿았을 때도 데이지는 너무 젊고 뜨거워서 서로 어긋나요. 둘의 나이가 비슷해졌을 즈음에야 사랑을 나눌 수 있게 되지만, 그것도 한 시기일 뿐 또다시 헤어져야 할 때가 와요. 벤자민은 그걸 잘 알고 있고, 때가 되자 데이지를 위해 떠나요. 이 모든 이야기가 제게 너무도 아름답고 슬프게 느껴졌어요. 그런데 벤자민이 노인의 얼굴로 태어나 점점 어려진다는 설정 때문에 더 강렬하게 느낄 뿐이지, 사실은 우리 모두 아이의 얼굴로 태어나 노인의 얼굴로 늙어가면서 같은 경험을 반복하는 것 같아요. 그래서 사람과 사람이 만나서 마음을 나누고 사랑하고 헤어지는 일이 무척 아름답고도 슬프게 느껴졌답니다. 어떤 행복의 순간도 영원하지 않고 시기가 지나면 떠나보내야 한다는 사실이 매번 겪어도 새롭게 슬프고 놀라워요.

　저는 선생님께 편지가 오면 늘 아끼는 마음으로 몇 번이고 읽게 돼요. 친구 분 이야기를 들으며 저도 여러 사람들과 상황들을 떠올리게 되더라고요. 중요한 것들은 말로 전달하기 힘들다는 말에 무척 공감해요. 우리가 서로를 오해해서 상처받은 순간도 나중에는 묻거나 답을 듣지 않아도 마음속으로 용서하고 사랑으로 기억하게 된다면 좋을 텐데요. 저는 선생님과 다르게 관계를 끝까지 물고 늘어지면서 지지고 볶는 편이에요. 제 마음을 있는 그대로 표현하고 열심히 싸우며 문제를 해결해보려 애쓰고요. 그게 잘 돼서 관계가 새로운 국면을 맞이하기도 하지만, 끝끝내 서로를 이해하지 못하기도 하고 상대에게 없는 것을 요구하고 있다는 걸 깨달을 때도 있어요.

제가 말씀드렸던 지나온 관계들에서도 참 많은 싸움을 해오며 이해하고 이해받기를 원했는데요. 돌이켜보면 함께 지내는 시간 동안 서로의 길이 갈라져 다른 길을 걷게 되었는데, 왜 내 길로 오지 않느냐고 계속해서 소리쳤던 것 같기도 해요. 저는 말이나 글로 제 생각이나 감정을 표현하는 것이 편한데, 그렇지 않은 사람도 많잖아요. 그걸 알아주지 못하고 제 방식대로 그 사람의 애정을 해석했던 것 같아 미안하기도 하고요. 솔직함이나 용기라는 말로 포장했지만 결국은 나를 위해 한 말들로 상대를 상처 입힌 적도 많았어요. 이런 기억들을 떠올리면 정말이지 얼굴이 화끈거려요.

얼마 전에는 제가 몸담았던 '페미당당'의 활동을 아카이브해 보여준 전시가 있었어요. 전시에 가기 전에 페미당당의 구성원인 친구가 저에게 "이 전시는 미나를 위한 전시야" 하는 거예요. 그게 무슨 말일까 궁금했는데, 전시를 가보니 알겠더라고요. 그건 페미당당과 저만 알 수 있는 사실이었어요. 제가 페미당당 안에서 오랫동안 요구했던 것들이, 페미당당의 방식대로 흡수돼 반영된 전시였어요. 전시를 쭉 보고 친구에게 "그러네, 정말 나를 위한 전시네"라고 말하고, 서로 포옹하고 별

말 없이 헤어졌어요. 그때 심정을 말로 표현하기 어렵더라고요. 친구들이 제 마음을 알아주고 저를 생각해주어서 고맙고 좋으면서도, 어쨌든 결과적으로 저는 페미당당을 나왔으니까요. 함께 있을 때 그랬다면 더 좋았겠지만, 더 이상 함께이지 않기 때문에 상대를 더욱 기억하고 생각하게 되고, 그러면서 서로를 더 이해하게 되고 마음을 헤아리게 되잖아요. 그렇다고 시간을 되돌릴 수도 없으니 이제는 각자 주어진 길을 갈 수밖에 없고요. 이별이 있기에 그 관계에서 진지하게 성찰하게 되는 것들이 있는 듯해요.

저는 말이 치유의 역할도 많이 한다고 생각해요. 그런데 그런 경험을 우리가 잘 하지 못하고, 또 배우지 못했다고 생각해요. 대개 내 고통을 말하면 상대가 자신의 고통으로 응수하는 방식의 대화가 이뤄지는 것 같아요. 자신이 타인에게 고통을 줬다는 사실에 놀란 나머지 방어적인 태도를 취하기도 하고요. 놀라서 허겁지겁 미안하다고 말하지만 사실은 무엇이 미안한지도 모를 때도 많고요. 상대는 제대로 사과받았다는 생각이 들지 않으니 같은 문제를 반복해서 말하게 되고요. 중요한 것은 말로 표현하기 어렵지만, 그럼에도 우리에게 주어진 게 그것 외에 많지 않기 때문에 서로 부단히 연습하며 마음을 전하려고 애써야 하는 것 같아요. 너무 외로워지지 않게요.

얼마 전에 오은영 선생님의 책 《어떻게 말해줘야 할까》를 읽었는데 참 좋았어요. 어려운 육아 상황에서 말해야 하는 문장을 알려주고, 영어 회화를 연습하는 것처럼 소리 내어 연습하라고 하시더라고요. 육아 회화법이지만 인간관계 전반에 적용할 수 있는 말들이라 좋았어요. 스스로에게 하는 말도 마찬가지이고요. 상대방과 갈등을 다루는 과정에서 제가 무심결에 했던 말들에 어떤 욕망이 들어있었는지 되돌아보게 되더라고요. 특히 '상대의 마음을 해결해주려고 하지 말라'는 말이 인상적이었어요. 누군가 속상해하고 화를 내고 슬퍼하면 우리는 그 마음을 얼른 해결해주려고 하지만, 마음을 해결할 수 있는 사람은 자기 자신뿐이래요. 그러니 그 감정이 지나가 편안한 상태가 되기를 기다리는 방법밖에 없다고 하시더라고요. 상대의 마음을 해결해주려는 건 사실은 내 마음이 편하기 위해서라는 말이 찔렸어요.

오늘 편지는 굉장히 길어졌네요. 저도 마음속으로 선생님께 말을 많이 거는데, 막상 편지를 쓸 때는 일부만 말하고 끝나요. 그건 그거대로 나쁘지 않겠죠. 저는 그제와 어제, 현실보다 꿈속에서 살고 싶은 사람처럼 잠만 오래 자다가 오늘은 다이빙을 하러 바다에 갑니다. 연습을 하나도 하지 않아서 걱정이 되지만, 못해도 되니까 그냥 가려고요. 가을 바다에 잘 잠겨 있다가 돌아오겠습니다. 평화로운 주말 맞으시길 바랄게요.

2021년 9월 24일

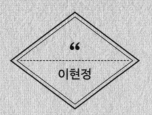

이현정

고통의 언어와

치유의 언어

작가님의 편지를 받고, 바로 다음 날 〈벤자민 버튼의 시간은 거꾸로 간다〉를 보았답니다. 저에게도 여운이 아주 깊이, 오래 남는 영화였어요. 소개해주어서 고마워요. 두 가지 문장이 특별히 기억에 남아요. '영원한 것은 없다Nothing lasts', 그리고 '모든 것은 가능하다Everything is possible'. 두 문장은 서로 정반대의 뜻을 가진 것 같지만, 둘 다 삶의 진실을 드러내고 있다고 생각해요. 세상의 그 어떤 것도 영원히 지속되지 않지만, 동시에 모든 일의 가능성은 항상 열려 있으니까요.

영화에서 틸다 스윈턴Tilda Swinton이 연기했던 엘리자베스는 19살에 '영국 해협을 건너는 첫 번째 여성'이 되고자 하지만 실패하고, 그에 대한 미련을 지니고 있죠. 그녀는 벤자민에게 다시는 도전하지 않을 거라고 말하지만, 결국 68세에 그 일을 해내요. 성공해서 텔레

비전에 나오는 장면은 짧지만 기억에 남았어요. 궁금했어요. 마침내 도전을 이루어낸 엘리자베스는 무슨 생각을 하고, 어떤 감정들을 느꼈을까요?

예순 살에나 첫 책을 낼 수 있으리라고 생각했지만 그 절반의 나이에 책을 쓰고, 많은 사랑을 받는 작가님은 어찌 보면 엘리자베스 버전의 '시간은 거꾸로 간다' 같아요. 사람들은 일찍이 꿈을 이루고 성공한 사람에게 별다른 고민 없이 존경과 부러움의 눈길을 보내죠. 사실 절대 쉽지 않고, 대단한 일이에요. 특히 책이 나올 때까지 작가님이 얼마나 많이 견디고 생각하고 노력했을지를 생각하면 더더욱요. 그렇지만 저는 작가님이 그만큼 더 복잡한 감정들을 일찍 느끼게 되면서 짊어지게 된 무게에 관해서도 감히 이야기하고 싶어요. 우울증으로 힘들어하는 사람들의 이야기를, 예순 살에 책을 낸 사람보다 훨씬 더 오래 떠올리며 아파하고 때로는 미안해해야 할 테니까요. 더 오랜 슬픔과 아쉬움의 시간이 주어진 것이기도 하고요.

"사람이 만나고 헤어지는 것이 아름답다"고 하셨지만, 저는 달라요. 영화를 보면서도 사랑이 가득한 양어머니 퀴나나 자기 몸의 문신으로 예술혼을 불사른 마이크 선장 등등 한 명 한 명 소중한 사람들이 떠나가는 것이 못내 아쉽고 슬펐어요. 저는 서로 사랑하는 사람들은 헤어지지 않고 영원무궁토록 함께 살아가는 세상이었으면 좋겠어요. 지구가 바글바글해지더라도요. 물론 말도 안 되죠. 그렇게 오래도록 함께 살다 보면, 되려 사랑이 식어버릴 수도 있고요. (사랑이 식으면 그때 죽는 거죠.)

오늘은 고통의 언어와 치유의 언어에 관한 이야기를 해볼까 해요. 페미당당 전시에 다녀오셨던 이야기는 제게 많은 생각을 하게 했답니다. 우리는 치유의 언어를 말하는 법을 배우지 못했고, 오히려 내 고통을 말하면 상대방이 자신의 더 큰 고통을 말하는 식으로 대응하는 경향이 있다고 하셨잖아요. 그러다 보니 서로 더 생채기를 내게 되기도 하고요. 문득 이런 생각이 들었어요. 하미나 작가님은 혹시 스스로의 고통에 대해 말하는 것을 힘들어하시는 건 아닐까? 아니면, 혹시 소통이라는 행위가 근본적으로 불가능하다고 믿으시는 것은 아닐까? 어찌 보면 참 어리석은 질문이에요. 이번 책도 그렇고, 쓰시는 칼럼들도 그렇고, 심지어 글방에 이르기까지 늘 소통을 열심히 하고 계시는 분께 이런 얼토당토않은 질문이라니요!

《미쳐있고 괴상하며 오만하고 똑똑한 여자들》은

우울증으로 고통받는 여성들의 이야기예요. 여기에서도 작가님은 다른 사람들의 이야기를 듣고 전하는 역할을 맡고 계세요. 그것이 의미 있고 가치 있는 일이라는 사실은 의심할 수 없어요. 그런데, 작가님은요? 작가님의 우울은 어떤 것이었을까요? 작가님의 우울에 대해서는 우리가 어떻게 이해할 수 있을까요? 그 뿌리 깊은 우울은 어떻게 드러날 수 있고, 또 치유될 수 있을까요? 물론 이 책에 작가님 본인의 경험이 꼭 들어 있어야 한다는 건 아니에요. 단지 많은 사람의 이야기를 들으면서 작가님은 어떤 경험을 하셨을지 궁금했어요.

제가 썼던 논문 중에 〈말하기의 정치와 듣기의 윤리〉라는 제목의 글이 있었어요. 당시에 제목을 떠올리면서 제가 생각했던 것을 조금 나누고자 해요. 세월호 참사 희생자들의 구술을 채록할 때, 그분들은 자신이 겪은 고통을 자세히 말씀해주셨어요. 어떻게 모든 고통이 언어로 다 표현될 수 있겠어요? 하지만 저는 그분들이 자신의 고통을 말하기로 한 결심 속에 두 가지 중요한 부분이 있다고 생각해요. 하나는 자신의 고통이 무엇인지를 스스로 알고 있다는 것이고, 다른 하나는 다른 사람들이 그 고통을 이해할 수 있다는 믿음을 가지고 있다는 거예요.

고통의 이야기들을 오랫동안 채록해오면서 제가 느낀 것은, 많은 사람들이 고통을 느끼면서도 그 고통이 무엇인지를 정확히 알지 못하고 있고, 알더라도 언어로 표현하지 못한다는 사실이에요. 물론 느끼는 것과 아는 것과 말하는 것 사이에는 각각 간극이 있겠죠. 아픔을 느껴도 무엇 때문에 아픈지 정확히 인식하지 못하는 경우도 있고, 또 정확히 어디가 아픈지를 알더라도 어휘에 한계가 있거나 사회적으로 이해되기 어려운 언어기에 표현하기 어려울 수도 있죠. "나는 작년에 있었던 친구와의 싸움 때문에 머리가 아파"라고 말하기는 쉽지만, 그것은 '친구와의 싸움'이나 '두통'으로 환원되지 않는 아주 복잡한 이야기일 가능성이 태반이니까요.

그런데 상대방이 이런 말만 듣고서 "작년에 있었던 일인데 뭘 그래?"라거나 "내가 지금 겪고 있는 가족 문제에 비하면 그건 아무것도 아니야!" 등으로 간단하게 대꾸해 버리면 위로는커녕 더 크게 상처를 받고 말죠. 그나마 예의 바른 사람들은 아무 말도 하지 않거나 "정말 힘들었겠구나" 정도로 대응을 하지요.

그럼 예의 바르게 조용히 들어주는 것이 진정한 답일까요? 혹은 "정말 힘들었겠구나"라고 위로의 문구를 전하는 것이 정답일까요? 저는 그렇지 않다고 생각해요. 말하기에 상당한 자기 인식과 용기가 필요한 것처럼, 듣기 역시 (서둘러 위로의 말을 전하려는) 선함의 욕망을 넘어서는 이해의 지평과 (상처받을) 위험을 감당할 결심이 필요한 작업이라고 생각해요.

만일 듣는 사람이 상대방의 고통에 대해 충분히 이해할 수 있는 준비가 되어 있지 않으면, 그것은 제대로 된 듣기가 될 수 없지요. 고통의 듣기는 단지 위로하고 싶다는 애정이나 마음가짐만으로 완성될 수 없는, 이해의 지평을 넓히는 예민하고 치밀한 관찰과 감각이 필요한 작업이라고 생각해요. 많은 남성이 여성의 일상적인 고통을 이해하지 못하거나 의사들이 환자들의 고통을 이해하지 못하는 것도, 그들의 이러한 노력이 부족하기 때문이라고 생각한답니다. 선한 의도를 가지고 말하는 경우에도 단지 피상적인 이해에 머무르기 때문에 도리어 상처를 줄 수 있지요.

상처받을 위험을 감내할 용기도 중요하다고 생각해요. 진정한 듣기는 그것이 나를 날카롭게 찌르는 창이 될 수도 있음을 감내할 수 있을 때에만 가능하다고 생각해요. 세월호 참사 피해자들의 구술을 들으며, 저는 제가 그동안 해온 일에 대해 뼈저리게 후회하거나 반성해야 했어요. 이 나라에서 소위 엘리트라는 사람들, 교수들과 전문가들이 해온 일들에 대해 자기혐오와 자괴감을 느끼게 됐어요. 실제로 어떤 분은 말씀하시다가 제게 비난을 하시기도 했죠. "서울대 교수라는 사람이 지금까지 도대체 뭘 어떻게 했길래 이런 일이 발생하느냐"부터 시작해서, "지금 이런 걸 채록할 때가 아니라 나라를 바꿔나갈 때가 아니냐"는 지적까지요. 마음 한구석에서 '이런 작업이나마 하는 교수도 거의 없는데 너무하다'는 억울함이 들기도 했어요. 고통의 언어를 듣는 일은 나 자신을 더 궁지로 몰아넣는 것을 감당해야 하는 일 같아요.

어쩌면 작가님이 저보다 더 오래, 더 깊이 고민하셨을 문제들에 제가 괜히 말을 길게 하지 않았나 싶은데요. 이제는 조금씩 깊이를 더해가는 편지를 나눠봐도 좋지 않을까 싶었어요. 그것이 설령 상처를 감내해야 하는 일이더라도요. 이를 통해 서로 조금 더 친해지고 성장하기를 기대하면서요. 가을바람이 벌써 차가워지고 있네요. 조만간 한번 만나서 술 한잔 나눠요.

2021년 10월 15일

"

하미나

우리 서로를

걱정하는 것일까요?

선생님, 오랜만에 편지를 써요. 그간 저는 폭풍처럼 몰아치는 출간 이후 행사를 무사히 잘 마쳤어요. 지난 두 달은 제 인생에서 가장 정신없는 하루하루였던 것 같아요. 전국 북토크를 하면서 독자들을 만나고, 언론 인터뷰에 응하고, 제 역할이 정해진 다양한 자리에 나가 책을 소개했답니다. 열심히 발로 뛰며 책을 알렸으니, 이제 책이 스스로 세상을 향해 걸어갔으면 좋겠습니다. 저는 한동안 쉬면서 이 프로젝트를 마음에서 조금씩 떠나보내려고 해요.

책을 쓰는 과정에서도 참 많이 배우지만, 쓰고 난 후의 과정을 통해서도 많은 걸 배우게 되더라고요. 아무래도 독자들과 만나는 자리가 가장 좋았어요. 언론사와의 인터뷰에서 받는 질문보다 훨씬 더 깊은 질문들을 듣게 돼요. 얼마나 마음 다해 읽어주셨는지도 느껴지고요. '힘들어서 읽기 괴로웠다'는 반응도 자주 접하는데요. 그럴 때마다 역으로 '이 독자는 타인의 고통을 듣는 일에 열려 있는 사람이구나, 그 고통을 들음으로써 상처받는 일에 기꺼이 동참하고 있구나' 이런 생각을 해요. "제 주변에도 우울한 사람이 있는데, 어떻게 해야 할까요?"라는 질문도 단골 질문이에요. 생각보다 많은 사람들이 주변 사람들에게 관심이 있고, 그들에게 무엇을 해줘야 할지 몰라 어찌할 바를 모르고 있다는 사실도 알게 되었어요. 이 책을 통해서 제가 하고 싶었던 일은 결국 여러 사람을 고통에 연루시키는 건 아니었을까 생각하게 됩니다. 모두가 조금씩 연루되면 한 명 한 명씩은 좀 덜 괴로워지지 않을까 하고요.

선생님이 보내주신 메일을 읽으며 많은 위로를 받았어요. 걱정해주셔서 감사해요. 듣기의 윤리에 대한 이야기는 정말 공감이 가서, 출간 이후 행사를 하면서도 마음속에 계속 그 말들이 맴돌더라고요. 우리가 나눈 대화가 제 마음 안에서 섞이고 녹아들어 저도 모르는 새에 새로운 모양을 갖춰 입 밖으로 나갔을 거예요. 선생님과 편지를 나누면서 알게 모르게 영향을 주고받고 있나 봐요.

다만 제 고통에 대한 이야기를 왜 하지 않았느냐는

이야기는 오래 고민해보아도 잘 이해가 되지 않았어요. 왜냐하면 책에서 이미 제 이야기를 충분히 했다고 생각했거든요. 이 작업을 시작한 이유도 제 경험에서 출발한 것이고요. 저의 조울증과 가정폭력 경험, 자살을 생각하던 시기의 이야기, 인터뷰이의 자살을 겪으면서 느꼈던 것들까지 어쩌면 무리할 정도로 솔직하게 제 고통을 드러냈거든요.

저의 최초의 글쓰기 역시 저의 고통을 드러내는 글들이었어요. 당시 제 글을 읽은 사람들이 뭐라고 코멘트를 해줘야 할지 난감해할 정도로요. 작가와 화자가 딱 붙어 있는 글들이 대체로 그렇지요. 몸이 찢기는 기분으로 쓴 글도 타인에게는 아무것도 아닌 하나의 이야기일 뿐이라는 점을 배웠어요. 그건 상처가 되기도 했지만, 동시에 제가 지닌 고통과 거리를 두게 해주기도 했답니다. 남이 내 고통을 아무렇지 않게 대할 때 느끼는 짜릿한 해방감이 있었어요.

타인이 나의 고통에 관심을 기울이게 하려면 굉장히 정제된 언어로 '잘' 말해야만 한다는 것을 알게 되기도 했어요. 엉망진창인 글을 쓰던 시기의 저나, 지금의 저나 본질은 같다고 생각해요. 지금은 좀 더 능숙하게 언어를 쓸 수 있을 뿐인 거죠. 그래야만 사람들이 읽어준다는 사실이 얄궂게 느껴지기도 합니다. 진짜로 미쳐서 길바닥에 나앉은 여자라면 책 한 권을 쓸 경제적·정신적 여유를 갖지 못할 테니까요. 그들 대신 쓴다고 생각할 때가 종종 있어요.

선생님은 저의 개인사적인 고통이 아니라 타인의 고통을 듣는 과정에서 생겨나는 저의 고통을 말씀하시는 것이었을까요? 그것은 힘든 일이 맞지요. 하지만 저에게는 소화 가능한 고통으로 여겨져요. 왜냐하면 사람들이 알아주거든요. 제가 "나 이렇게 힘든 작업 하니 잘 대해줘" 하고 유세를 떨 수도 있고요. 타인이 알아주는 고통은 금방 흘러가는 것 같아요. 알아주지 않을 때는 감정이 흐르지 못하고 고여들어서 괴롭고요. 무척 오래 지속된 고통이 있었지만, 아무도 알아주지 않고 믿어주지 않았던 과거보다는 지금이 훨씬 나아요. 또 이제는 다른 방법도 아니까요. 아무도 알아주지 않으면 내가 나와 같은 사람을 알아주며 쓰면 된다는 것을요!

다만 인터뷰이 분들이 여전히 많이 힘들어하셔서 걱정입니다. 그게 요즘 저의 가장 큰 슬픔이고 절망이에요. 삶을 끝내고자 하는 욕구가 너무도 강해요. 고통이 오래 지속되다 보니 이제는 저도 속으로 이런 생각을 하게 돼요. '그를 붙잡는 것은 주변 사람들의 욕심이 아닐까? 놔줘야 하는 것이 아닐까?' 어떻게 해야 할지 모르겠어요. 가장 행복한 순간에도 늘 그 사람들 생각이 마음 한 켠에 있어요.

선생님, 저는 사실 선생님이 걱정이 돼요. (우리 서로를 걱정하는 것일까요?) 저는 당사자성이 있었고, 이야기하고 싶었던 고통이 저의 고통과 바로 맞닿아 있었기에 오히려 이 작업을 하며 편하게 쓰거나 말하거나 생각할 수 있었던 것 같아요. 그런데 선생님이 해오신 작업은 그렇지 않았던 것 같거든요. 연구자와 연구 대상자 간의 구별이 있지요. (아마 그 이유 때문에 제가 《미쳐있고 괴상하고 오만하고 똑똑한 여자들》을 학계에서 작업할 수 없었던 것이겠고요. 학계에서는 '나'를 주어로 쓰는 문장을 잘 쓰지 않고, 당사자성은 연구의 객관성이나 중립성을 의심하게 하니까요. 설익은 연구들을 저처럼 제멋대로 정리해서 내놓을 수도 없지요.)

연구자와 연구 대상자 간의 구별 때문에, 그리고 집중해야 할 고통의 무게가 압도적으로 연구 대상자에 쏠려있기 때문에, 선생님께서 선생님의 자리에서 느끼는 것들을 편하게 말하기 어려울 때가 있지 않으셨을까요. 그 과정이 외롭지는 않으셨을까요. 고통과 관련된 게 아니라고 해도 연구하는 일은 외롭잖아요.

제 경우에는 인터뷰가 우울증 당사자 간의 만남이기도 해서 거의 한풀이, 속풀이 하듯이 진행됐어요. 책이 나온 후에는 인터뷰이들과 함께 이 모든 과정을 통과하는 느낌을 받아요. 책이 출판된 것만으로도 우리에게 의미가 커요. 속풀이를 다 한 것 같아요. 편지를 쓰다 보니 우리 대화의 핵심적인 주제는 결국 '타자의 고통에 연대하면서도 고통에 잠식되지 않고 일상을 살려내는 일'이 아닌가 생각하게 되네요.

선생님, 벌써 12월이 되었어요. 올 한 해에 슬픈 일도, 아름다운 일도 많았네요. "사랑하는 사람과 영원무궁토록 함께 살아가고, 사랑이 끝나면 다 같이 죽는 거죠" 하신 선생님 말씀에 기대고 싶은 나날입니다. 저는 그런 믿음을 가지지 못했지만, 그런 믿음을 가진 사람들을 언제나 좋아했답니다. 좋은 하루 되시길 바랄게요. 저는 오늘 목욕탕에 가려고 해요. 고맙습니다.

2021년 12월 16일

나아지기 위해,
나아지지 않더라도

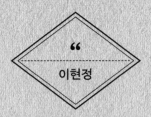

이현정

고통을 겪었고 눈물을 흘렸고

괴로워했다고

오래간만이에요. 그동안 잘 지내셨어요? 저도 작가님의 북토크 소식과 신문 지면에 올라온 글, 잡지 인터뷰를 접했어요. 어떻게 이 많은 것들을 해내고 계실까, 더욱이 자신의 우울증을 견뎌내면서. 살짝 안쓰럽기도 하고, 대단하다는 생각이 들더군요. 모쪼록 순간순간이 힘들더라도 의미 있는 시간이기를 바라요.

그동안 해가 바뀌었고, 달이 바뀌었어요. 일년살이를 차곡차곡 정리하거나 다음 해를 신중히 계획하는 타입은 아니지만, 2021년에서 2022년으로 넘어가는 시간에는 많은 생각을 했어요. 2021년 가을과 겨울은 제 인생에서 처음으로 '나를 내버려 두는' 시간이었답니다. 이런 표현이 이상하게 들릴 수도 있지만, 저는 학창 시절부터 2021년 전반기까지 잠깐도 쉬지 않고 늘 바쁘게 일에 몰두하며 목표지향적인 삶을 살아왔어요.

세상의 많은 사람이 열심히 살지만, 제 삶을 돌아보니 유난히 쉴 새 없이 몰아치면서 살아왔더군요. 대학교 4학년 때 인류학을 계속 공부하기로 결심한 후 대학원에 진학해 중국 지린성吉林省으로 현장조사를 갔다가, 석사 논문을 마치고 학과 조교 생활을 한 뒤 미국으로 유학을 가고, 중국 농촌에서 2년간 머무르며 자살과 우울증에 관한 조사를 하고, 다시 미국으로 돌아가 박사 논문을 쓰다 결혼해서 아이를 낳고, 졸업하고 귀국해서는 시간강사와 연구교수직을 거쳐 마침내 대학교수가 됐어요. 조교수 생활 3년 차로 정신없이 바쁠 즈음에 세월호 참사가 일어나서 그때부터 이런저런 일들에 관여하게 되고, 몇 년에 걸친 작업 끝에 세월호 참사 구술증언집 100권을 발간했고요. 그러다 보니 어느새 마흔아홉 살이 되었더라고요. 반백 년을 정신없이 바쁘게, 그러나 너무 바쁘다 보니 그것이 무슨 의미를 지니는지 찬찬히 생각해보지도 못한 채 소모해 버린 거죠.

그래서 2021년 가을과 겨울에는 '나를 내버려 두는' 시간을 갖기로 했죠. 무위의 삶. 학교 수업도 있고, 아직 아이가 중학생이어서 정말 아무 일도 안 하는 건 불가능했지만, 최대한 일을 안 해보려고 노력했어요. 문득 '나는 왜 살아야 하나?', '내 삶의 의미는 무엇인가?'

같은 질문들을 맞닥뜨리면서요.

그런데 그 답이 쉽게 떠오르지 않았어요. 아무리 생각해도 내가 반드시 살아야 할 이유가 없더라고요. 나 말고도 학문적으로든 생활적으로든 더 훌륭한 사람들이 많으니, 굳이 나여야 할 이유도 없고요. 종교를 갖고 있었을 때와 달리 지금은 삶의 의미를 신에게서 찾기도 어렵고, 젊은 시절 목표였던 세상의 고통을 조금이라도 줄이고자 했던 꿈은 허물어진 지 오래였어요. 오히려 살면서 세상의 숱한 고통, 세세한 잔인함과 냉혹함이 점점 더 커지는 것만을 목도해 왔으니까요. 무력감과 좌절이 엄습했고, 궁극적으로 내 삶에 무슨 의미가 있는지 찾을 수가 없었어요.

그렇게 아무런 답을 찾지 못한 채, 도둑을 들이듯 엉겁결에 2022년을 맞이하다가 우연히 일본 영화 〈드라이브 마이 카〉를 보게 되었는데요. 이 영화 속에는 액자 구조로 체호프Anton Chekhov의 《바냐 삼촌》이라는 극본이 소개돼요. '답'을 찾았다고 말하기는 어렵지만, 영화 마지막 장면에 나오는 대사가 조금 위안이 되더군요. 영화를 보고 나서 궁금한 마음에 곧장 체호프의 희곡집을 사서 읽었어요. 여주인공 소냐가 하는 대사를 이 편지에 옮겨볼게요.

바냐 삼촌, 우리는 살아갈 거예요. 길고 긴 낮과 밤들을 살아갈 거예요. 운명이 우리에게 가져다주는 이 시련을 꾹 참고 견뎌낼 거예요. 우린 다른 사람들을 위해서 지금도, 그리고 늙어서도 안식을 잊은 채 일할 거예요. 그러다 언젠가 우리의 때가 닥치면 불평 없이 죽어갈 거예요. 그리고 저세상에서 이렇게 말하겠지요. 우리는 고통을 겪었고, 눈물을 흘렸고, 괴로워했노라고. 그러면 하느님은 우릴 가엾게 여기시겠죠. 나는 착한 우리 삼촌과 함께 아름답고 찬란하고 멋진 삶을 보게 될 거예요. 우리는 기뻐하면서 지금의 불행을 감격과 미소 속에서 돌아볼 거예요. 그리고 우린 쉴 거예요. 삼촌, 난 믿어요. 뜨겁게, 간절하게 믿어요……*

"우린 다른 사람들을 위해서 지금도, 그리고 늙어서도 안식을 잊은 채 일할 거예요. 그러다 언젠가 우리의 때가 닥치면 불평 없이 죽어갈 거예요." 특히 이 부분에서 저는 위로를 받았어요. 나 자신만을 바라본다면 노동과 고통 속에 사는 삶은 무의미할지도 모르지만,

*   안톤 파블로비치 체호프, 《체호프 희곡선》, 박현섭 옮김, 을유문화사, 2012, 199쪽.

나아지기 위해, 나아지지 않더라도

다른 사람들을 위해서 사는 삶이라면 시련과 괴로움이 조금은 의미가 있지 않을까요? 비록 아무리 노력을 해도 세상이 나아지는 모습은 보이지 않고, 온통 어둠과 암담함으로 뒤덮여 있는 것처럼 보이지만, 그래도 아무것도 안 하기보다는 세상이 조금은 더 살 만할 수 있도록 무언가를 꼼지락거린다면 어두운 시간을 조금은 단축시킬 수 있지 않을까요? 그리고 언제 이 세상을 하직하게 될지는 모르지만, 그 순간이 닥치면 놀라거나 안달복달하지 않고 '불평 없이' 죽는 거죠.

저는 신문 정치면을 안 본 지 꽤 오래됐는데요. 그런 저에게조차 요즘 대선 후보들이 하는 '짓'들이 코로나 바이러스보다 더 끔찍하게 전염되어 정신을 갉아먹네요. 여성의 문제를 단순히 '이대남'과 '이대녀'의 이해관계로 환원하고, 그러면서 여성 문제뿐만 아니라 2030 세대의 문제를 두고 젊은 세대 남녀 간의 적대와 싸움을 부채질하는 태도에 화가 납니다. 이로써 대선 의제에서 '여성 문제'도 '청년 문제'도 완전히 소멸하고 말았어요. 사회 속의 혐오와 배제를 어떻게 현명하게 해결해나갈지 고민하고 새로운 방향을 제시하는 것이야말로 정치인들이 해야 하는 일이에요. 그런데 대선 후보들에게 국민 한 사람 한 사람은 자신들의 권력과 자리

싸움을 위한 '표', 숫자놀음 이상도 이하도 아니더군요.

저는 오늘날 한국에서 페미니즘이 개인의 권리와 이해관계의 문제로만 환원되는 상황이 안타까워요. 사람이 사람답게 살기 위해서, 그리고 인간으로서 서로 존중하고 상호 성장하기 위해 추구해야 할 보편적인 가치가 페미니즘이라고 생각해왔는데요. 오늘날 많은 남성은 자신의 몫을 제대로 취하는 데 페미니즘이 방해된다고 생각해 이해를 거부하고 자신의 힘을 휘두르고자 하며, 약자들을 혐오하고 경멸하는 데 애쓰는 듯해요. 그러한 방식으로 자신들이 세상의 중심이고 보편이라는 강고한 영역을 (자칫 잃어버릴지도 모른다는 불안 속에서) 확보하려는 거죠. 여성들은 이런 현실에 직면해 절망 속에 만성적인 우울증을 앓거나, 삶을 포기하거나, 반페미니즘에 동조하며 강한 보편 집단에 속해 있다고 생각하거나, 어떻게든 맞서기 위해 '여성의 이익을 위한 일은 무조건 옳다'고 주장하게 되는 것 같고요(저는 트랜스젠더를 배제하는 페미니스트를 보고 많이 놀랐어요).

물론 제 이야기는 지나치게 단순화된 감이 있을 거예요. 어쩌면 기성세대의 관점일지도 모르지요. 하지만 페미니즘이 모두가 추구해야 할 소중한 가치가 되지 못하고 집단 간의 이익 다툼과 편 가르기의 문제로 전락

해버린 것 같아 속상해요. 그리고 한국의 정치인들이 너도나도 할 것 없이 나서서 혐오와 적대와 이익 경쟁에 불을 붙이는 것 같아 화가 치밀어요.

도대체 어디서부터 잘못된 걸까요? 과연 우리는 이런 오류들을 바로잡을 수 있을까요? 희망 없는 미래, 세상일에 대한 무력감, 관계에 대한 절망…… 이런 문제들이 차곡차곡 쌓여서 제게 '삶의 무의미'를 만들어내고 있네요. 열심히 일하고 노력한다고 바꿀 수 있는 건지, 어쩌면 우리 인류는 이제 끝을 향해 전락해가고 있는 것은 아닌지, 오늘도 저는 끔찍한 암흑 속에서 어떻게 내일을 살아갈지, 과연 내가 할 수 있는 일은 무엇일지 생각하며 허우적대고 있어요. 《바냐 삼촌》에서 소냐의 말처럼, "언젠가 우리의 때가 닥치면 불평 없이 죽어 갈 거예요. 그리고 저세상에서 이렇게 말하겠지요. 우리는 고통을 겪었고, 눈물을 흘렸고, 괴로워했노라고."

길고 우울한 이야기만 잔뜩 적어서 미안해요. 새해를 맞이해 밝고 활기찬 이야기였으면 더 좋았을 텐데 말이죠. 2021년에 작가님에게도 여러 일이 있었겠지만, 《미쳐있고 괴상하고 오만하고 똑똑한 여자들》의 출간 만으로도 큰 의미가 있었으리라고 생각해요. 이 책으로 인해 많은 사람이 위로와 공감을 얻었으니까요. 다시 한번 축하드리고요. 모쪼록 2022년도 기쁨과 의미가 존재하는 한 해이기를 기원해요. 우리, 한 해도 잘 생존해 보도록 해요.

2022년 1월 16일

저는 또 다른 모래성을

쌓고 싶어요

선생님, 안녕하세요. 지난 가을과 겨울, 가능하면 아무 것도 하지 않은 채로 푹 쉬셨다는 이야기를 들으니 제 마음이 정말 좋습니다. 선생님께 들은 소식 중 가장 반 가워요. 중요한 시기를 보내고 계신 것 같아요. 저 역시 넉넉히 기간을 잡고 휴식을 취하며 지내고 있습니다.

　많은 사람에게 선생님의 삶은 동경의 대상이 아닐 까 해요. 최소한 겉으로 보이는 모습을 보았을 때는요. 서울대를 졸업하고 미국으로 유학을 떠나 최전선의 지 식을 습득하고, 다시 서울대로 돌아와 무사히 교수로, 또 정교수로 자리를 잡은 지식인이시지요. 공부하기를 좋아하는 청년 대다수가 꿈꾸는 최고의 삶의 경로입니 다. 여성으로서는 더 드문 경우이지요. 저 역시도 어느 시기 동안 오래 꿈꿔온 삶이고요.

　출판사로부터 저와 선생님을 연결하는 기획에 대

해 들었을 때 제가 처음으로 했던 생각은 '감히 내가?'였어요. 선생님의 상대가 되기에 저는 박사 학위도 없고 (당시에는) 책도 내지 않았고 공부도 부족하다 생각이 들었거든요. 석사 논문을 쓸 적에 선생님께 저의 논문 심사를 부탁드리고 싶었는데, 저의 지도교수께서 "그분은 안 된다. 그분이 보시면 넌 논문 통과할 수 없다"고 말씀하신 적이 있었어요. 선생님은 기준이 높은데 저는 거기에 한참 미달된다는 이야기였지요.

실제로 선생님의 수업을 들은 적도 있었어요. 팀 티칭을 하는 수업에서 한 주 동안 선생님의 수업을 들을 기회가 있었는데, 그때도 머쓱하고 어려웠어요. 선생님께 편지를 쓰기가 어렵게 느껴졌던 것도 쉽게 말하자면, 혼날까 봐였어요. 자꾸 주눅이 들었달까요. 게다가 세월호 참사 증언을 기록하는 작업도 하셨다니, 지적으로도 도덕적으로도 엄숙해져서…… 도무지 제가 까불 수 있는 여지가 없어 보였어요.

그런데 이렇게 꽤 오랜 시간 선생님과 편지를 나누고 보니, 제가 선생님께 가장 강렬하게 느끼는 감정은 절망과 외로움이에요. 다른 사람들이 보면 훌륭한 커리어를 쌓으며 지내온 시간들을 선생님께서는 "소모해버렸다"고 말씀하세요. 제가 좀 더 이야기를 듣고 싶어 돌직구로 질문을 던지면 언제나 그 질문을 비켜간 답장을 보내주시고요. 그런데 실제로 만나면 술자리 도중 배가 고프다며 갑작스럽게 혼자 국밥을 드시고 오는 엉뚱하고도 귀여운 (죄송합니다) 분이시기도 하지요.

이러한 사실들이 저를 골똘히 생각하게 만들어요.

지난 선생님의 편지를 받은 때는 뉴미디어 언론 '닷페이스'가 주최한 자리에서 이재명 대선 후보와 만나 대담을 나눴던 영상이 유튜브에 업로드되기 직전이었어요. 저를 포함한 세 명의 여성 활동가가 그와 대화를 나눴지요. 영상이 나오기도 전에 그가 닷페이스에 출연한다는 사실만으로도 많은 언론에서 '극렬 페미 언론'에 나간다는 기사를 냈고, 지지자들 사이에서도 비판의 목소리가 컸습니다. 외부의 시끄러운 소음 속에서 저도 마음이 어지러웠지만, 실제로 그를 만난 자리는 예상한 것보다 훨씬 좋았어요. 이재명 후보와 함께 온 다른 여성 의원과 대화를 나누면서 그들이 여성들의 이야기를 들으며 정책에 반영하고 있다는 걸 알게 되었어요. 캠프 안에서도 다양한 의견이 존재하고, 선거를 앞두고 있으니 이 후보도 완전히 솔직하긴 어려운 채로 실제 의견보다 더 보수적으로 발언한다는 것도 알게 되었고요. 무엇보다, 대화하고 협상할 수 있는 상대라는 게 희망적으로 느껴졌어요. 이 기획에 참여하는 것이 심적으로 참 힘들었지만 많은 것을 배웠어요. 특히 제도적으로 무언가를 바꿔나가기 위해 실제로 돌파해야 할 일들에 대해서요. 저처럼 이 기획에 함께한 사람들이 경험한 미묘한 변화들은 대단히 중요하지만 언어로 표현되기 힘들고 무엇보다 기사화될 수 없지요. 갈등과 증오, 반목이 더 기사화되기 좋으니까요.

영상이 나가기 전날까지도 PD님과 어떤 장면을 넣고 뺄 것인지를 함께 고민했어요. 특히 안희정의 성폭력을 고발한 책 《김지은입니다》를 전달한 장면을 넣을지 말지 고민했지요. 닷페이스에서 제게 보여준 편집본에서는 그 장면이 빠져있더군요. 중요한 장면인데 왜 뺐냐고 물으니, 그 장면만 캡처로 돌아다니며 제가 공격받을까 걱정이 되고 후폭풍을 감당하기가 부담스럽다고 하시더라고요. 저도 다시 한번 고민해봤어요. 여러 친구들에게 의견을 물었는데 이재명 후보의 지지자인 친구가 이렇게 말하더라고요.

"미나야. 너는 겉으로 드러난 지옥 같은 모습들에도 불구하고 한국 사람들의 집단지성을 믿니? 너 같은 사람들이 숨어 있다고 믿니? 냉소나 비꼼 없이 진심으로 너의 의견이 궁금해."

"응, 나는 완전 믿어."

"이재명이란 사람은 그렇다고 믿거든. 그렇다면 너와 이재명 후보가 통한 거고, 그래서 그 자리가 이루어진 거야. 네가 어떤 진심과 의도가 있어서 그 책을 건넨 거라면, 나중에 캠프나 닷페이스의 의견에 의해 편집되더라도 그 장면을 남겨달라고 하는 게 맞을 것 같아."

저는 최종적으로 그 장면을 넣었으면 좋겠다고 의견을 전달했어요. 제게 이 결정은 겉으로 드러난 공격에 반응해 방어적으로 행동할 것인가, 드러나지 않고 조용히 지켜보는 사람들이 있을 거라는, 노력한다면 진심이 닿을 거라는 믿음으로 행동할 것인가의 문제였어요.

다음날 영상이 업로드되자, 3000명의 사람이 접속해 공격을 퍼붓더라고요. 《김지은입니다》를 전달하느냐 마느냐, 어떤 대화를 하느냐 마느냐의 문제가 아니라 그저 욕을 하기 위해 등장한 사람들이었어요. 애초에 들을 생각이 없는 사람들이었지요. 며칠간 마음이 무척 힘들었지만 잘 회복했어요.

제가 기억하는 대선은요. 노무현 전 대통령이 온갖 시달림을 받다가 유서를 쓰고 스스로 목숨을 끊은 뒤 들어섰던 '이명박근혜' 정권 이후의 대선입니다. 투표권이 주어진 후 10년을 그렇게 보내서인지 지금의 상황이

크게 절망적으로 느껴지지는 않아요.

그 시절 정치적 이슈가 되었던 여성으로 신정아 씨가 떠올라요. 학력 위조 파문과 더불어 변양균 전 청와대 정책실장과 혼외관계로 알려지며 여러 가십성 기사의 표적이 됐죠. 당시 《문화일보》는 신정아 씨의 누드 사진을 발견했다면서 몸통 부분에 모자이크를 한 사진을 지면에 크게 실었어요. 유력 인사들에게 '성 로비'를 한 증거라고 보도하면서요. 신정아 씨는 조작된 사진이라고 말했고요. 지금은 상상도 못할 미개한 일이죠. 권력을 가진 남성을 공격하기 위해 그 옆의 여성을 공격하는 건 그때나 지금이나 똑같지만, 공격의 양상은 달라졌다고 생각해요. 작고 평범한 사람들의 힘이 쌓여 만든 변화일 테고요.

저는 세상이 나아지고 있다고 생각해요. 변화의 방식이나 속도가 충분하지 않다고 하더라도요. 그 변화에 제가 기여할 수 있다고 믿고요. 무엇보다 저는 그 믿음이 유용해서 계속 유지하고 싶어요. 등산할 때 봉우리만 보고 가면 너무 지치지만, 앞 사람 뒤꿈치를 보며 걷다 보면 어느새 꽤 많이 올라와 있는 것처럼, 주변 사람들의 구체적인 얼굴을 떠올리며 애쓰고 싶어요. 봉우리는 여전히 멀어 보이더라도 뒤를 돌아보면 올라온 길이 쭉 보이는 것처럼요.

삶은 무의미하다고 생각해요. 타인의 행복이 나의 행복과 연결되어 있으니 나아지기 위해 애쓰지만, 우리가 도달해야 할 이상적인 지향 같은 건 없다고 생각해요. 꼭 살아야 할 이유도 없고요. 우주는 너무도 크고 나는 티끌 같은 존재니까요. 바다에 갈 때마다 그걸 느껴요. '나'라는 경계가 얼마나 허상인지도 생각하고요.

그런데 그 무의미함은 저를 둘러싼 세계의 규칙을 부수고 다른 세계를 거침없이 탐험할 자유를 주었어요. 나를 평가하는 어른의 말을 믿지 않게 해주고, 학교를 가지 않아도 된다는 것을 알려주고, 작가로 살아도 된다는 용기를 주었어요. 저만의 도덕성을 발명하고 필요 없다고 생각되는 규칙을 무시할 자유를 주었어요. 저를 더 숨 막히게 했던 것은 오히려 의미였던 것 같아요.

이곳에서 끊임없이 밀려오고 부딪치는 파도를 보다 보면 다시금 제가 쌓아온 것들을 쏟아 흩어지게 만들고 싶은 충동을 느낍니다. 책을 쓰는 기간 동안 몰두했던 모든 것들, 이를테면 읽은 책들, 쓴 글들, 만났던 사람들, 그리고 사람들이 내게 거는 기대에 부응해야 한다는 부담감을 바다로 흘려보내고 싶어요. 그렇게 새로운 눈으로 세상을 보고, 새로운 규칙으로, 새로운 정체성으로 또 다른 모래성을 쌓고 싶어요. 우리가 어린 아이일 때 세상을 보던 것처럼요. 혼란스럽기도 하지만 동시에 많은 것들이 결정되지 않은 상태.

학창 시절부터 2021년 전반기까지 정신없이 목표 지향적인 삶을 사셨다고 말씀하셨지요. 제 생각에 자신이 성공할 수 있었던 바로 그 특성을 평생 유지하고 강화하는 건 위험한 일 같아요. 그런 사람은 점점 더 자기 확신을 가지며 자기도 모르는 사이에 폭력적으로 변해가기 쉬운 것 같거든요. 이제는 더 이상 그 규칙이 통하지 않는다는 걸 주변 사람들은 알 때에도 본인은 고집스럽게 살던 대로 살지요. 영향력이 커진 상태에서 자기 확신까지 커지면 정말 위험하잖아요. 그래서 제게는 선생님처럼 훌륭하신 분께서 잠시 멈추는 시기를 가지고 이런저런 것들을 돌이켜보는 시간이 귀중하게 느껴집니다. 이 시간 이후에 선생님께서 어떤 일들을 하시게 될까 기대되고요. 그 전에 같이 해수욕을 하고 싶네요.

오늘의 편지는 매우 길었습니다. 편할 때 답장 주세요. 감사합니다.

2022년 2월 4일

나아지기 위해, 나아지지 않더라도

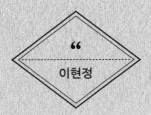
이현정

언젠가부터

비관주의자가 되었어요

메일함을 열면서 괜히 '오늘 작가님 편지가 오려나?' 하고 기대하는 날이 있어요. 그런데 오늘 아침은 완전히 예상 밖이었어요. 한겨울에 봄비를 만나듯 깜짝 놀랐다고나 할까요? 점쟁이도 아닌데 예상한 날짜에 답장이 오리라고 생각한다는 사실이 우습긴 하지만, 아침이 되도록 잠 못 이루며 뒤척이다가 문득 열어본 편지함이라서 더 놀랐는지도 몰라요. 여하튼 감사합니다. 유쾌한 기분을 간만에 느끼게 해주셨어요.

제가 돌직구 질문을 피해가면서 답을 안 하나요? 하하. 저는 몰랐어요. 제가 좀 덜떨어진 구석이 많아요. 손가락으로 무언가를 가리키면서 "저 물건은 무엇인가요?"라고 누가 물으면, 손가락의 휘어진 모양이나 마디 주변의 가느다란 주름들을 쳐다보고 있거나, '물건이란 무엇이란 말인가?' 같은 생각에 곰곰이 잠기기도 하지요. 학교 다닐 때도 선생님께 많이 혼났고, 주변 사람들로부터 핀잔을 자주 들어서 고치려고 하는데 잘 안 고쳐져요. 그러니까 일부러 피해간 건 아닐 거예요. 돌직구로 질문하신 게 있었다는 것도 이번에 처음 알았어요. 만일 아직도 그 질문이 유효하다면, 미안하지만 다시 질문해 주세요. 제가 또 못 알아먹을 수 있으니, 괄호 열고 '돌직구 질문' 이렇게 써주시면 도움이 될 것 같고요. (이렇게 답답한 사람과 편지를 나누려니, 작가님이 얼마나 속이 터질까 생각하고는 미안함에 한참 웃었어요.)

하미나 작가님의 석사 논문 심사에 참여하지 못한 건 몹시 아쉽네요. 우울증에 관한 연구였으니 저도 매우 흥미를 느꼈을 텐데 말이죠. 지도교수님은 왜 그런 말씀을 하셨대요? (교수들은 종종 이상한 이야기를 하죠.) 그런데 저는 편지를 나누면서, 작가님이 한때 제가 교수로 있는 학교의 학생이었다는 점을 단 일 초도 생각해 본 적이 없어요. 그랬다면 이렇게 편지를 주고받는 일을 하겠다고 안 했겠죠. 더욱이 지난번 보낸 편지처럼 속마음을 다 드러내는 발언은 절대 하지 않았을 거고요.

예리한 통찰로 발견하셨다시피, 저를 구성하는 가장 강한 정서는 '절망'과 '고독'이라고 할 수 있어요. 세상에 대한 절망과 인간 존재로서의 고독. 부정적 감정에 뒤덮여 살아서 그런지, 주변에 친한 사람이 없어요. 작가님은 제가 이야기를 나누는 거의 유일한 타인이에요. 저한테 작가님은 우울증 전문가이자, 페미니즘에 대해 고민해온 여성이고, 글쓰기를 업으로 삼는 작가예요. 살아온 시대가 다르다는 것을 알고는 있지만 '세대 차이'란 좀 지루한 느낌이라서, 제멋대로 시간 축을 공간 축으로 바꿔서는 우리가 동시대에 다른 장소에서 살고 있는 여성이라고 상상했어요. 마치 동갑내기 다른 나라 친구와 펜팔을 하는 것처럼요. 완전히 제멋대로죠?

"저를 더 숨 막히게 했던 것은 오히려 의미였던 것 같아요."

오늘 하루 종일 이 문장을 곱씹게 되더군요. 작가님의 편지는 늘 제게 많은 생각을 불러일으키고, 배우게 한답니다. 지난번 편지에서 '목표지향적 삶'이라고 표현했지만, 제가 오십 년을 그렇게 달려올 수 있었던 건 그렇게 살아야 할 '의미'가 제 안에 있었기 때문이었어요. 학생운동과 여성운동에 발을 담그기도 했지만, 무엇보다 '열심히 노력하면 사회적 약자의 불필요한 고통을 줄일 수 있겠지', '사회가 좀 더 살 만한 곳이 되겠지'라는 강한 신념이 있었거든요.

쇼펜하우어의 책을 읽다가 발견한 '욕동'이라는 단

어가 떠오르네요. 욕동은 사람의 마음에 휘몰아치는 역동 과정으로, 생체 내부에 욕구의 긴장을 초래하는 힘이에요. 욕구나 욕망보다는 생물학적 기반을 가진 것이라고 해요. 현대 한국 사회의 욕동은 '생존'에서 '의미'로, 그리고 이제는 '행복'으로 변화해가는 게 아닌가 해요. 전쟁 이후 가난 속에서 어떻게든 살아남고자 했던 삶들이 '생존'의 시대를 대변한다면, 반독재 투쟁이나 민주주의의 제도화 등 커다란 이념을 주축으로 이상을 현실화시키고자 노력했던 시기가 '의미'의 시대겠죠. 그리고 '소확행'이라는 개념의 등장에 주목해, 지금 이 시대를 '행복'의 시대라고 일컬어 볼게요. 오늘날 사람들은 부단한 노력과 경쟁, 희망의 부재와 결과의 불확실성, 피로와 불안이 가득한 환경 속에서 각자가 어떻게든 나름의 방식으로 '행복'을 추구하고 있는 것 같아요.

"저를 더 숨 막히게 했던 것은 오히려 의미였던 것 같아요."

정확히는 모르겠지만, 이렇게 말씀하신 작가님의 마음을 조금은 알 것도 같아요. 의미의 숨 막힘. 결과적으로 지난 수십 년간 숱한 '의미 추구'의 행동들이 이 사회에 만들어낸 건 의미의 과잉과 피로감인 듯해요. 그리고 작가님을 비롯한 젊은 사람들은 의미의 질긴 그물

망을 찢고 나와, 조금이라도 숨쉴 수 있는 '자유'를 향해 힘겹게 걸어가고 있고요. 하지만, 어쩌면 '생존'의 시대나, '의미'의 시대나, '행복'의 시대를 살아가는 사람들이 모두 궁극적으로 갈망해온 건 똑같이 '자유'였을지도 몰라요. 각 시기마다 '자유'는 각각 다른 것을 뜻하겠죠. 배고픔으로부터의 자유, 정치적 억압으로부터의 자유, 그리고 모든 사회적 구속으로부터의 자유.

작가님이 갖고 계신 '세상이 나아지고 있다는 믿음'이 부럽기도 하고 존경스럽게 느껴져요. 저는 언젠가부터 '세상은 결코 나아지지 않는다'고 생각하는 암울한 비관주의자가 되었거든요. 제 눈에는 단지 모양만 바뀌고 있을 뿐, 자본과 권력의 야만성은 그대로거나 더 잔인해지고 정교해지고 있는 것처럼 보여요. 민주주의조차도요. 한때는 국민이 직접 투표로 대통령을 뽑게 됐다는 게 놀라운 성취였겠지요. 하지만 언론에서 뿌려대는 정보들과 권력자들의 정치 공작 속에서 이리저리 휘둘릴 수밖에 없는 국민의 선택이, 과연 진정으로 국민이 주인이라는 '민民-주主-주의'일까 싶어요. 우리는 너무나 바빠졌어요. 하루하루가 자기와의 투쟁이에요. 그 속에서 무언가를 느긋하게 모색하거나, 천천히 자신의 꿈을 이뤄나가는 일이 너무 어려워졌어요. 분노, 혐오, 우울, 불안. 오늘날을 대표하는 이 감정들은 우리가 광속으로 돌아가는 쳇바퀴 위에서 정신없이 달려야 하기 때문에 생겨난다고 봐요. 환대, 배려, 감사함, 공감은 (물론 여전히 우리가 애써야 할 덕목이지만) 이처럼 바쁜 삶 속에서 도달하기 어려운 윤리적 이상이 되었어요.

　　이재명 대선 후보와 인터뷰한 닷페이스 영상은 저도 봤어요. 정치인과 대화하는 일이 쉽지 않았을 텐데, 담담하게 두 가지 질문을 하시더군요. 하나는 2030 여성의 우울증과 자살 문제, 다른 하나는 기관장의 위력에 의한 성폭력 문제. 하미나 작가님이 오랫동안 고민해온 주제이기도 하지만, 대선 후보에게 던져야 할 중요한 문제 제기였다고 생각해요. 제가 보기에 이재명 후보의 답은 전형적이었어요. 우울증과 자살의 원인은 경제적 빈곤일 수도 있지만 다른 이유 때문이기도 한데, 복합적 요인을 동시에 생각하는 것 같지는 않았어요. 위력에 의한 성폭력에 대해서도 "나는 그럴 일이 없다"는 식의 방어적인 모습을 보였고요. 페미니스트로 보이지는 않았는데, 댓글에서 많은 사람들이 '페미니스트 이재명'이라고 적고 있어서 오히려 좀 놀랐어요.

　　대선 후보의 발언을 듣고 변화를 기대해도 될까요? 많은 국민이 그렇게 생각하지요. 정확히 말해, 그렇게 생각하도록 분위기가 만들어지지요. 그렇지만 저는 우리 사회의 긍정적인 변화가 (조금이라도) 대통령에 의해서 이루어진다고 생각하지 않아요. 누구에게 표를 던질지 혹은 투표 자체를 거부할지는 각자의 선택이지만, 투표일이 지나고 나면 정치는 본연의 적나라한 모습으로 돌아가 철저히 배타적으로 '그들만의 리그'에서 이루어질 겁니다. 저는 대선 후보들을 포함해 정치인들의 발언을 신뢰하지 않아요. 그렇지만, 대담을 편집할 때 작가님이 공격을 두려워해서 방어적인 방식을 선택하는 대신에 진심이 닿을 거라는 믿음을 가지고 용기 있게 나아간 것은 잘한 일이었다고 생각해요.

에고, 제 비관주의는 불치병인가 봐요. 이번 편지는 기필코 명랑하게 쓰겠다고 결심했는데 또다시 바닷물 속 모래처럼 가라앉고 말았네요. 그런데 갑자기 해수욕은 왜 함께 하고 싶어지신 거죠? 음…… 너무 춥지 않을까요? 오늘은 무려 영하 7도인데요. 오리털 수영복이 있다면 모를까.

벌써 2월이네요. 코로나는 점점 극성이고요. 사람들이 매일같이 병에 걸리고 죽어가는 일이 일상이 되어버렸어요. 산재와 각종 집 안팎 폭력에 의해서도 사람들이 죽어가고 있고요. 세상은 점점 더 우리에게 죽음에 대해 무뎌지기를 강요하고 있네요. 어려운 시기지만, 마음으로 그들을 애도하며 함께 잘 건너가 보기로 해요. 그리고 상황이 조금 좋아지면, 함께 바다에 가요. 요즘 운전을 피하고 있긴 하지만, 작가님과 함께라면 한번 용기를 내 보죠!

2022년 2월 5일

희망이 있다는 믿음을

가지고 싶다구요!

선생님, 하미나입니다. 오래 기다리셨지요? 저는 왜 이렇게 항상 모든 게 느리고 늦을까요. 서로의 편지에 답장을 하는 속도만 봐도 선생님과 제가 얼마나 다른 사람인지를 알 수 있는 것 같아요.

돌직구 질문에 답을 피한 줄 몰랐다는 선생님의 말씀을 읽고, 요새 사람들이 하는 말로 '또 나만 진심이었지……' 이렇게 생각했답니다. 푸핫. 하지만 저만 진심일 리가 없지요. 선생님과 제가 서로 진심을 표현하는 방식이 다를 뿐이겠지요. 선생님께 받은 편지 중 가장 명랑하고 재밌게 느껴져 잠결에 이메일을 읽고 푸시시 웃었답니다. 오리털 수영복이라니요!

그 사이 대선이 있었습니다. 선생님께서는 어떻게 지내셨을까요. 저는 제 주변의 많은 이들이 절망하는 것을 보았답니다. 이민을 가겠다는 친구들도 많았어요.

제가 대선을 겪으며 가장 두렵다고 느꼈던 것은 윤석열이나 이준석, 젠더 갈라치기를 일삼는 정치인들이 아니라 제 SNS 타임라인 속에 윤석열 지지자가 아무도 없다는 사실이었어요. 그 날카롭게 양분된 세계가 가장 두렵게 느껴졌어요. 서로가 얼마나 다른 세상에 살고 있는 것일까, 그렇다면 우리는 어디서부터 서로를 향한 이해를 시작할 수 있을까 아득해졌거든요.

닷페이스 영상 댓글에서 많은 사람들이 '페미니스트 이재명'이라고 적고 있어 놀랐다고 하셨지요. 그건 그를 칭찬하는 말이 아니었어요. '페미니스트'라는 낙인을 이용해 이재명 후보를 깎아내리고 그로 인해 그가 잃게 될 표를 기뻐하는 윤석열 후보 지지자들의 댓글이었습니다. 이재명을 정말로 지지하는 사람들과, 그의 닷페이스 출연을 응원하는 척하며 그를 페미니스트와 묶어 표를 잃게 만들겠다는 윤석열 지지자들의 거짓된 댓글들이 섞여 피아를 구분할 수 없었다는 게 그 영상의 제일 코미디스러운 부분이었어요.

이재명 후보가 닷페이스에 출연하겠다는 의사를 밝혔을 때 민주당 내 많은 이들이 반대했습니다. 표를 얻는 데 전혀 도움이 안 될 '극단적 페미 언론'에 왜 나가냐는 것이었지요. (닷페이스는 페미니즘 이슈만 다뤄온 것도 아닌데다가, 그들이 밟아온 궤적을 '극단적'이라고 부르는 것도 의문이지만요. 닷페이스가 실제로 다뤄온 일들은 이런 것들입니다. 요양보호사·가스 점검원·보험 설계사 등 잘 알려지지 않았던 중년 여성의 노동, 쿠팡 물류센터에서 일어난 청년 노동자의 과로사 문제, 차별금지법, 군대 내 성폭력, 시설 밖 장애인……) 이준석은 페미니즘을 '복어독'에 빗대며 위험한 복어요리를 먹는다며 이재명의 선택을 조롱하기도 했지요.

그로서는 캠프 내에서도 반대하는 닷페이스에 불이익을 감수하고 출연한 것입니다. 정치인이라면 나와 다른 입장을 가진 사람들을 밀어내고 혐오를 조장하는 게 아니라 대화를 나누고 이야기를 들어야 한다는 판단 아래에서요. 그가 한 발짝 다가왔기에 저는 그에 대한 응답으로 자리에 나가 대화를 나누었습니다. 우리가 보기에 그의 대답이 만족스럽지 않을 수 있지만, 저는 그 나이대의 남성이 할 수 있는 나름의 최선을 보여주었다고 생각해요. 그는 페미니스트만을 대변하는 인물이 아니니까요. 제가 대통령 후보로서 그에게 바라는 일은 그가 페미니스트가 되는 것보다는(불가능하다고 생각합니다), 첨예하게 다른 입장을 고수하며 갈라진 집단들 사이에서 갈등을 부추기는 게 아니라 서로 협의할 수 있는 기회를 마련하는 것입니다. 대통령 후보로서 그가 저와 꼭 같은 정치적 입장을 공유할 필요도, 공유할 수도 없다고 생각해요.

저는 이번 선거로, 환멸을 느끼면서도 자기 자리를 지키며 변화를 이끌어내려 애쓰는 여성 정치인들을 새롭게 보게 되었어요. 저는 그들을 정말이지 응원하고 존경합니다. 또 미안한 마음을 가지고 있습니다. 아무도 선뜻 하고 싶어 하지 않는 일을 하고 있으니까요. 이번 선거를 겪으며 저는 정치란 어쩌면 온몸에 똥오줌을 맞아가며 자신이 가진 공동체에 대한 믿음을 위해 무언가를 하는 일이라는 생각을 하게 되었어요. 흔히 정치인이 다 못 믿을 사람들이라고 생각하지만 사실 여의도라는 곳은 엄청나게 훌륭한 사람들이 모인 곳이기도 하다는 생각도 하게 되었고요. 자기 자신이 도마 위로 올라가 여러 평가를 받는 자리, 공적 자아뿐 아니라 사적 자아까지 매순간 검열해야 하는 자리를 어느 누가 쉽게 감당하겠어요. 또 최근 국회에 진출한 제 또래 여성들과, 정치 이슈에 자주 호명되는 젊은 여성들을 보며 효능감을 많이 느꼈습니다. 저는 앞으로도 뭔가를 바꿔보려고 각자의 자리에서 고군분투하는 여성들을 관대한 마음을 품고 힘껏 응원할 겁니다.

제게 정치란 밀린 설거지 같은 것입니다. 누군가는 해야 하는 거죠. 그 정도 일을 하는데 권력욕을 좀 부리면 어떤가 싶습니다. 그 욕망 자체가 중요한 것이 아니라 그 욕망을 가지고 무엇을 하느냐가 중요하다고 생각해요. 이왕 하는 것 제대로 하라고, 잘하면 칭찬도 하고 못하면 비판도 하는 것이지요. 더 위험한 사람에게 자리가 가지 않도록이요. 가능하다면 욕을 먹거나 실수를 하더라도 뭔가를 바꿔보고 싶어 애쓰는 사람 쪽에 서고 싶습니다.

신문에 칼럼을 연재하면서, 각자의 입장이 있는 다양한 사람들 앞에서 공공연하게 내가 믿는 바와 설득하고 싶은 바를 말하는 것이 얼마나 어렵고 외로운 일인지를 조금은 알게 되었어요. 조금만 삐끗 잘못해도 대단한 비판을 받습니다. 그럴 때는 광장 한가운데 벌거벗겨진 채로 손가락질을 받는 기분이에요. 그리고 손가락질을 하는 사람들 틈에는 눈치를 보며 조용히 침묵을 지키는 제 친구들이 있습니다. 하지만 어쩌겠어요? 친구들도 무섭겠지요. 그런 기분이 들 때마다 스스로 감당하고 다음 기회엔 더 잘해보리라, 마음을 먹는 수밖에 없습니다.

사실은 선생님 편지를 읽다가 울컥 화가 났습니다.

선생님께서 이렇게 말씀하셨지요. "투표일이 지나고 나면 정치는 본연의 적나라한 모습으로 돌아가 배타적으로 '그들만의 리그'에서 이루어질 것입니다"라고요. 세상은 결코 나아지지 않는다고도 말씀하셨고요. 편지를 읽고 저는 속으로 이렇게 외쳤어요.

'선생님이 그렇게 말씀하시면 어떡해요! 이 편지를 제가 읽고 있잖아요. 선생님을 보고 따라 배우고 싶은 제가요.'

선생님…… 저는 주제넘게 이렇게 여쭙고 싶습니다. '결코 나아지지 않는 세상'에는 우리의 책임도 있지 않나요? 정치가 '그들만의 리그'에서 이뤄지지 않도록 견제하고 감시할 책임이 우리에게 있지 않나요? 어려운 말로 가득한 정치를 좀 더 쉽게 대중에게 전달할 책임이, 교육의 기회를 가졌던 우리에게 있지 않나요? '다 똑같은 놈'이 아니라 정말로 위험한 놈이 누구인지를 가리킬 의무가 우리에게 있지 않나요? 책임을 지고 싶지 않아 누구도 답을 하지 않을 때, 전문가로서 대중에게 최선의 답을 제시할 책임이 지식인에게 있지 않나요?

저는 어린아이처럼 선생님께 부탁드리고 싶은 심정입니다. 노력해도 아무것도 달라지지 않는다는 이야기보다는 노력하는 한 언제나 희망이 있다는 이야기를 들려달라고 말입니다. 그렇게 말씀해주시면 제가 속아 넘어가겠습니다. 그런 믿음을 가지고 싶습니다. 그게 진실이어서가 아니라 그 믿음이 우리의 행동을 만들 것이기 때문입니다.

오늘은 우선 이만 줄이겠습니다, 선생님.

2022년 3월 15일

이현정

세상이 결코

나아지지 않는다고 해도

작가님, 편지 잘 받았습니다. 어느덧 봄이 시작되었네요. 말라비틀어져 죽은 줄 알았던 식물에 작은 새싹이 움트는 것을 보았습니다. 햇볕과 온기의 힘이 놀랍더군요. 우리가 편지를 주고받은 지 벌써 1년이 넘어가고 있어요. 지나치게 심각한 대화가 오가기를 바라지 않으면서도, 이번 편지에서는 몇 가지 저의 생각을 이야기하고자 해요.

먼저, 저는 대의제 민주주의에 대해서 어떠한 희망이나 기대를 갖고 있지 않아요. 오히려 근본적인 회의를 갖고 있습니다. 대의제 민주주의는 현대 사회의 직업 정치인 집단을 형성해왔지만, 아이러니하게도 그들은 국민을 대변하지 않아요. 사회에 존재하는 다양한 사람들, 특히 돈과 권력이 없어 소외되는 집단이나 사회적 소수자들은 선거의 승리를 목적으로 하는 정당의 이해관계 속에서 거의 대변되지 못합니다. 거꾸로 정치인들에 의해서 국민의 정치적 사고가 제한되기도 하죠. 국민이 양분되고, 기껏해야 서너 집단으로 정치적 성향이 나뉘었던 이번 선거처럼요. 내 삶의 문제에 관심도 없고 해결해줄 것 같지도 않은 후보자들 앞에서, 많은 이들이 울며 겨자 먹기로 선택을 강요받습니다.

대의제는 국민이 주인이 되는 민주주의를 과연 얼마나 구현하고 있을까요? 국민은 투표를 통해서 자신이 민주주의의 시민이라는 것을 잠시 느끼지만, 오로지 그뿐이지요. 누가 대통령이 되든 국민이 국가의 정치적 결정과 집행 과정의 주인이라고 보기는 어려워요. 제가 '그들만의 리그'라고 표현했듯, 선거가 끝나고 나면 정치인과 공무원에 의해서 모든 일이 정해지고 굴러가니까요. 우리는 투표의 결과에 승복해야 하고, 좋든 싫든 당선자와 지지자들에게 결정권과 운영권을 온전히 위임해야 하죠. 엎치락뒤치락하지만 누가 정권을 잡든 정치인과 공무원은 '당의 뜻에 따라' 혹은 '제도적인 한계로 인해' 등등의 변명을 늘어놓을 뿐, 국민이 제기하는 문제들을 해결하는 데 별 관심이 없어 보여요. 자신들의 이해관계에 따라서 움직이지요.

이건 냉소라기보다는, 우리가 현실 정치에 대한 환

상을 버리고 직시해야 한다는 이야기예요. 한국 사회의 변화는 투표로 이루어지지 않았어요. 그보다는 직접 광장에 나서는 행동이나, 각자의 삶에서 용기와 끈기로 움직이고 실천한 동력에 의해 바뀌어 왔지요. 문재인 정권은 촛불 집회를 통해 탄생한 정권이었습니다. 수많은 시민들이 바쁜 일상 속에서도 시간을 쪼개 광장으로 나왔고 목소리를 높였어요. 제가 연대한 세월호 참사 피해자들은 정권이 바뀌면 진상 규명이 속도감 있게 진행되리라 믿었습니다. 그러나 결과는 참담했지요. 문재인 정권에서 삶의 고단함은 개선되지 않았고, 정치에 대한 분노와 환멸은 여전했으며, 세월호 진상 규명은 단 한 걸음도 나아가지 않았습니다.

저는 보수 정당을 지지하지 않습니다. 하지만, 지난 10여 년간 개인적인 경험 속에서 민주화 운동을 이끌었던 세력의 정치 방식에 대해서도 절망을 느꼈어요. '87년 세대' 혹은 '586'이라고 일컬어지는 정치인들의 정치 수행은 자유·평등·정의 같은 '진보적 가치'와도 무관할뿐더러, 그들 또한 자산 증식이나 계층 세습을 추구하는 등 보수 정당 정치인들과 크게 다른 바가 없습니다. 진보 세력은 적어도 과연 자신들이 진보의 가치를 실천하고 있는지 성찰하고 반성해야 했습니다. 그러나 이들은 성찰도 반성도 하지 않았어요.

저는 진보 운동 세력이 지닌, 역사적 진보를 자신들이 만들어왔다는 생각에 대해서도 반대합니다. 이들 중에는 젊었을 때 사회적 약자의 권리를 위해 현장에서 함께하고자 했던 사람들이 있을 거예요. 독재 타도와 민주주의를 외치며 하루가 멀다 하고 거리로 뛰쳐나가거나 시위대를 조직한 사람들도 있겠지요. 젊었고 사회적 권위를 부여받기 전이었기 때문인지는 몰라도, 적어도 당시 그들은 대학생이라는 특권적 지위에서 벗어나 삶의 현장에서 살아가는 사람들의 이야기를 듣고 배워 함께 문제를 해결해나가고자 했어요. 평범하고 권력 없는 국민이 세상의 주인이며, 그들이 역사적 주체라는 것을 의심하지 않았습니다. 그런데 지금 그들은 더 이상 삶의 현장에서 배우려고 하지 않습니다. 심지어 변화를 만들어낸 역사적 주체가 자신들이었다고 생각하며 신화를 지어냅니다.

저는 사회적 변화는 삶의 현장에서 사람들이 일궈내는 크고 작은 실천으로 만들어진다고 생각합니다. 일터와 가정과 지역 사회에서 발생하는 여러 문제와 씨름하며 해결 방법을 모색하는 것이지요. 어떻게 가족을 부양할 수 있을지, 폭력에서 벗어날 수 있을지, 안전하게 아이를 학교에 보낼 수 있을지, 집을 구할 수 있을지, 지역적 소외를 해결할지, 한 번뿐인 삶을 의미 있게 만들어갈 수 있을지……. 우리는 다양한 문제를 고민합니다. 운 좋게 문제를 해결하기도 하지만, 이리저리 알아보다가 절망하기도 하고, 해결을 포기하기도 합니다. 그러다가 모임을 만들기도 하고, 비슷한 고민을 지닌 사람끼리 힘을 합치기도 하며, 세상에 목소리를 낼 방법을 찾기도 하고, 길거리에 나가 싸우기도 합니다. 이러한 움직임과 실천이야말로 사회적 변화의 씨앗이며, 시간이 걸리기는 하지만 조금씩 변화를 견인해 가는 일이라고 생각해요.

지난 편지에서 작가님은 지식인이라면 정치적 사안에 대해 적극적으로 발언하고 대중이 올바른 선택을 할 수 있도록 도와야 하지 않겠냐고 하셨지요. 저는 지식인의 역할을 그렇게 보지 않습니다. 지식인의 발언에 의해 변화가 만들어진다고 생각하지 않을뿐더러, 지식인이 대중을 선도하고 교육해야 한다고 생각하지 않아요. 제가 생각하는 지식인의 역할은 연구와 더불어 현실 속에서 사람들의 실천에 동참하는 것입니다. 그들의 고충이나 아픔을 보듬고 문제 해결을 위해 함께 머리를 맞대는 것이에요. 세월호 참사를 연구하면서, 저는 참사 피해자들을 8년에 걸쳐 만나왔습니다. 제가 만난 사람들은 피해자 중 일부에 불과하고 성과도 미미하지만, 저는 고통을 함께 나누고 그들이 가진 문제들을 해결하는 데 함께하는 것이 지식인의 역할이라고 믿어요.

마지막으로, '세상이 결코 나아지지 않는다'는 생각에 관해 이야기해 볼까 해요. 사실 '세상이 나아지고 있는가?'라는 질문은, 적어도 학문적 관점에서는 '좋은' 질문이라고 보기는 어려운 것 같습니다. 어떤 요소에 대해 말하느냐에 따라 그 답이 달라질 수 있기 때문이죠. 예를 들어 누군가는 전 세계적으로 영아 사망률이 하락해온 사실을 강조하면서 세상이 나아지고 있다고 말할 수 있습니다. 그렇지만 거꾸로, 빈부 격차가 점점 심각하게 벌어지고 있는 현상을 바라보며 세상이 나빠지고 있다고 주장할 수도 있지요. 저는 '세상이 나아지고 있는가?'에 대한 각자의 생각은 어떤 사실에 근거한 것이라기보다는, 말하자면 삶에 대한 감각이라고 생각해요.

'세상이 점점 나아진다'는 감각은 세계사적 맥락에서 보자면 19세기에 들어와서부터 생기게 된 것이 아닐까 합니다. 그전까지는 인류 사회가 점점 나아진다는 생각은 보편적이지 않았어요. 루소Jean Jacques Rousseau 같은 사상가는 심지어 원시 야만인의 행복하고 자유로운 삶이 현대에 와서 망가졌다고 생각했으니까요. 오늘날 우리는 너무나 당연하게 '세상이 점점 나아지고 있다'고 믿는 경향이 있는 듯해요. 과연 그러한지, 혹시 우리의 감각이 지나치게 물질주의와 양적 팽창에 초점이 맞춰져 있는 것은 아닌지 생각해볼 필요가 있겠어요.

저는 우리가 행동하기 위해서라도 세상이 나아진다는 믿음이 필요하다고 생각하지 않아요. '세상이 결코 나아지지 않는다'고 생각하는 사람이라고 해서 변화를 위한 행동을 할 수 없다고는 보지 않거든요. 미셸 푸코Michel Foucault는 이민 노동자나 교도소에 갇힌 재소자의 인권을 위한 활동에 적극적으로 참여했지만, 사회를 역사의 발전이나 진보의 결과물로 바라보지 않았습니다. 푸코는 아주 회의적인 사람이었어요. 그렇기에 주변의 진보주의자들과 많이 다투기도 했고요. 어떻게 그토록 진보에 회의적인 사람이 정치적으로 행동할 수 있었을까요? 행동이란 '언젠가 좋아질 것이다'라는 믿음에 의해서 이루어지기도 하지만, 그러한 믿음이 없어도 직면한 상황에 맞서 자신의 가치판단에 따라 결단하는 행위이기도 하기 때문이겠지요.

작가님의 편지를 읽으며, 정치적 변화를 위해 무엇을 해야 하는가에 대한 우리의 생각이 다르다는 걸 느껐어요. 하는 일이 다르기도 하지만, 현실 정치에 대한 감각이나 입장이 다르기 때문이겠지요.

오늘 편지는 길고도 무거웠네요. 다 쓰고 나니, 제 이야기를 너무 많이 한 건 아닌지 우려가 되기도 하는데요. 다음번엔 좀 더 상쾌한 이야기를 나눌 수 있도록 노력할게요. 최근 코로나 상황이 좋지 않네요. 주변에 아픈 사람들이 속속 늘어나고 있어요. 여러모로 어두운 시절이지만, 모쪼록 건강히 잘 지내시길 바라겠습니다.

2022년 3월 26일

나아지기 위해, 나아지지 않더라도

하미나

하지만 너의 상처는

나의 상처

안녕하세요, 선생님. 갑작스레 날씨가 무척이나 따뜻해진 나날입니다. 훌쩍 다가온 봄을 만끽하고 싶다가도, 제 시기가 아닌 때에 너무 일찍 피어버린 꽃들의 모습을 보며 마음이 불길해지기도 한 날이었어요.

  오늘 저는 곧 출국하는 친구를 만나 간장게장을 먹었고요. 작업실로 돌아와 일을 하다가 요가원에 가서 인yin 요가를 하고 비를 조금 맞으며 돌아왔어요. 인 요가는 굉장히 정적인 요가입니다. 여러 동작을 통과하며 땀을 내는 대신 한 동작에 오래 머무르며 호흡하곤 해요. 멈춰 있으며 호흡을 오래 해서 그런지 잡생각이 많이 끼어들어요. 머릿속이 아주 시끄럽지요. 사실 평소에도 그럴 텐데, 그것을 가만히 지켜볼 일이 좀체 없는 것이겠지만요. 그래서 마음을 차분히 정리하고 싶거나 밀물과 썰물처럼 찾아드는 여러 생각을 지켜보고 싶을 때 저는 인 요가를 하곤 합니다. 그러다 보면 시끄럽던 생각이 호흡과 함께 조금은 고요해지곤 해요. 요가를 마치고 작업실에 다시 돌아와서는 저녁으로 커스터드 크림이 들어간 아몬드 크루아상을 먹었습니다. 선생님께 답장을 하기 위한 만반의 준비를 갖춘 것이지요. 그러는 동안 추적추적 내리던 비도 그쳤습니다.

지난번 보내주신 편지는 여태 받았던 편지 중에서 가장 답하기 어려운 편지였습니다. 왜냐하면 읽자마자 싸우고 싶은 마음이 피어올랐기 때문입니다.

처음 편지를 받았을 때는 읽으면서 한 문단마다 움찔거리게 되었어요. 제 나름의 반박을 하고 싶어져서요. 우리가 나눈 현실 정치에 대한 입장에 대해서 하나씩 검토하고 조목조목 따져볼 수도 있겠지요. (편지를 받은 다음날 답장을 보내야 했다면 분명히 그런 답장을 보냈으리란 생각이 들어요.) 그런데 그게 무슨 소용일까요? 이 소중한 대화의 기회를 누가 더 옳은지 따지는 일로 낭비할 필요는 없는 것 같아요.

고백하자면 저는 토론을 별로 좋아하지 않습니다. 토론이 서로를 이해하는 데에 크게 도움이 되지 않는다고 생각하기 때문입니다. 어떤 사람은 자신의 주장을 논리적으로 말할 수 있지만 어떤 사람은 그렇지 않습니다. 어떤 사람은 감정을 표현하는 데 어려움을 겪지만 어떤 사람은 그때그때 표현하고 털어버리죠. 저는 사람들이 어떤 말을 할 때, 말의 표면적인 의미가 말을 하게 된 실제 상황이나 마음을 반영하지 못할 때가 많다고 생각합니다.

제가 선호하는 방식은 관찰입니다. 직접적으로 질문하면 그에 상응하는 대답을 상대가 내가 이해할 수 있는 용어로 표현해주리라는 기대를 버리고, 오랜 시간을 들여 상대를 관찰하고 그만의 표현 방식을 익혀가는 것이에요. 선생님께서는 인류학자이시니 제가 무슨 말을 하는지 저보다 잘 아시겠지요.

그래서 답장을 고민하면서 선생님의 지난 발자취를 따라가보았습니다. 선생님은 왜 이런 이야기를 하시는 걸까 알고 싶었거든요.

지난번 편지에서 저는 그저 무언가를 바꾸고자 애쓰는 사람들을 응원하고 싶었어요. 너무도 깊은 절망에 빠진 친구들이 주변에 많기에, 절박한 마음으로 낙관하며 힘을 내려는 것이었고요. 선생님께 희망적인 이야기를 듣고 싶었던 건, 지금 선생님의 모습이 저의 미래처럼 느껴지기도 하기 때문입니다. 선생님께서는 젊은 시절 '영페미'로서 여성운동에 참여하셨고, 이후에도 여러 사회적 고통과 관련된 작업을 하셨지요. 그런 세월을 보내오신 선생님께서 행복하게 지내신다면 저도 저의 미래를 두려워하지 않고 아픈 사람들과 연대하고 함께 하는 일을 계속 해나갈 수 있을 것 같았어요. 그 과정에서 실망하신 게 있다면 그게 무엇인지 듣고 배워서 다른 길을 시도해보고 싶었고요.

선생님은 왜 희망도 낙관도 말해주시지 않는 걸까 고민하다가 이런 생각이 들었어요. 그것이 지금 선생님께 없기 때문이라고요. 상대에게 없는 것을 계속 요구한다면 그건 서로가 불행해지는 일이겠지요. 또 선생님의 마음을 있는 그대로 들려주신 것이 선생님께서 저를 존중하는 방식이었으리라 생각했어요. 대화를 모양새 좋게 끝내기 위해 거짓말하지 않으신 거니까요. 만약 제가 학생 신분으로 선생님 연구실에 찾아가 대화했다면 지금이랑은 다르게 저를 대하셨을 것 같거든요. 좀 더 '선생님'의 입장에서 교훈적인 이야기를 들려주셨을지도 모르죠. 사실 선생님께는 그런 책임을 부여받는 대화의 자리가 훨씬 잦았을 것 같습니다. 누군가와 동등한 입장에서 대화를 한다기보다는, 상대방이 선생님께 어떤 역할을 기대하고 의미 있는 말을 듣기를 기다리는 상황이요.

미래를 낙관하지 않음에도 윤리적 판단에 따라 옳은 쪽으로 행동한다고 말씀하시는 선생님이 엄청나게 놀랍고도 대단하게 느껴집니다. 결과에 따라 행동을 달리하지 않는다는 것이니까요. 제게는 그런 기준이 모호하거나 거의 없는 것 같습니다. 더 행복하고 자유롭게 지내기 위해서 제가 가졌던 많은 신념을 바꿔왔던 것 같아요. '세상은 노력하는 한 나아진다'는 낙관주의적 믿음 역시 그것이 옳거나 진실이어서가 아니라, 그렇게 생각하면 제 마음이 편해서 간직하는 쪽에 가깝거든요. 이러한 성향이 저를 어떤 길로 인도할지는 저도 잘 모르겠습니다. 칭찬받는 삶일 수도 있고 손가락질 받는 삶일 수도 있겠죠.

요 며칠 선생님의 논문도 다시 읽어보고, 책도 읽어보고, 페이스북 타임라인도 오래전 기록까지 내려가보았습니다. 선생님께서 세월호 작업을 하신 뒤로 눈에 띄게 세상에 대한 절망과 비관의 기운이 강해졌다는 인상을 받았어요. 선생님께서 현실 정치에 갖는 큰 반감이 괜히 생긴 것이 아니라고 생각해요. 그럴 만한 이유가 있으리라 짐작이 되고요. 그 경험에 대해 더 여쭙지 않으려 합니다. 다음에 이야기하고 싶으실 때 이야기해주세요.

선생님과 오랜 시간 대화를 나누고 보니 이전에 읽었던 글도 다르게 읽히더라고요. 선생님이 연구 혹은 집필의 대상으로 삼아온 사람들의 고통을 설명하는 문장들이 마치 선생님 스스로의 고통을 말하는 것처럼 읽히기도 했어요. 거울처럼 말입니다. 우리가 그간 나눈 대화도 마찬가지이고요. 고통을 다루는 작업을 하면서 어떻게 스스로를 보호하고 계시냐는 제 질문에 '그런 걸 모른 채로 살아온 것 같다'고 답하셨던 것이 다시금 떠올랐어요. 지금껏 제게 가장 의문스러운 편지는 제가 쓴 책에 대해 이야기하시면서 저의 우울에 관해 질문하셨던 것인데요. 그때 선생님은 이렇게 물으셨어요.

"문득 이런 생각이 들었어요. 하미나 작가님은 혹시 스스로의 고통에 대해 말하는 것을 힘들어하시는 분은 아닐까? 아니면, 혹시 소통이라는 행위가 근본적으로 불가능하다고 믿으시는 것은 아닐까? (…) 《미쳐있고 괴상하며 오만하고 똑똑한 여자들》은 우울증으로 고통받는 여성들의 이야기예요. 여기에서도 작가님은 다른 사람들의 이야기를 듣고 전하는 역할을 맡고 계세요. 그것이 의미 있고 가치 있는 일이라는 것은 의심할 수 없어요. 그런데, 작가님은요? 작가님의 우울은 어떤 것이었을까요? 작가님의 우울에 대해서는 우리가 어떻게 이해할 수 있을까요? 그 뿌리 깊음은 어떻게 드러날 수 있고, 또 치유될 수 있을까요?"

저는 제 이야기를 하는 것과 자기를 돌보는 일에 꽤나 열심인 편입니다. 약았다는 생각이 들 정도로요. 이런 면이 지난 편지에서도, 제 책에서도 드러난다고 생각해요. 그런데 선생님은 왜 이런 질문을 하셨을까 오래 고민했었어요. 어쩌면 그 질문은 저라는 거울에 비추어 선생님 스스로를 향해 한 질문이 아니었을까요.

선생님, 이틀 뒤면 세월호 8주기입니다. 저는 4월에는 걱정되는 사람이 무척 많아집니다. 사실은 세월호 참사와 직접 관련 있는 사람들보다도 세월호와 관련된 작업을 한 친구와 동료가 걱정이 돼요. 그들과 얽힌 인연이 더 깊은 까닭입니다.

세상에는 참 많은 고통이 있지만요, 저는 앞으로 매년 4월에는 선생님을 가장 먼저 생각하고 싶습니다. 선생님의 마음속에서 선생님은 가장 안쓰러운 사람이 아닐 테니까요.

우리가 무거운 이야기를 많이 했으니까요. 이번 편지의 마무리는 방탄소년단의 노래 〈작은 것들을 위한 시〉 일부를 인용하며 끝맺겠습니다. 저의 마음과 딱 맞는 가사가 있거든요. 노래를 직접 들으며 읽어주시면 감사하겠습니다.

♪ 오마 오마 오마 오마 오마이~ (반주) ♬

모든 게 궁금해 How's your day

Oh tell me (오 예 오 예, 아 예 아 예)

뭐가 널 행복하게 하는지

Oh text me (오 예 오 예, 아 예 아 예)

Your every picture

내 머리맡에 두고 싶어 (오 베)

Come be my teacher

네 모든 걸 다 가르쳐줘

Your 1, your 2

(…)

다 말하지 너무 작던 내가 영웅이 된 거라고 (오 노~)

난 말하지 운명 따윈 처음부터 내 게 아니었다고 (오 노~)

세계의 평화 (노 웨이~)

거대한 질서 (노 웨이~)

그저 널 지킬 거야 난 (Boy with love)

(…)

툭 까놓고 말할게

나아지기 위해, 나아지지 않더라도

나도 모르게 힘이 들어가기도 했어

높아버린 sky, 커져버린 hall

때론 도망치게 해달라며 기도했어

But 너의 상처는 나의 상처

깨달았을 때 나 다짐했던 걸

니가 준 이카루스의 날개로

태양이 아닌 너에게로

Let me fly

2022년 4월 15일

네 곁에······
내가 있어

이현정

나의 오랜

페미니스트 친구들

답장이 늦었지요. 시간을 끌었던 건, 조금이라도 제가 긍정적인 마음일 때 편지를 쓰고 싶어서였어요. 그런데 그게 잘 되지 않네요. 4월이면 늘 여러 이유로 힘들기도 하지만, 3주가 넘도록 계속 좀 아팠어요. 속상한 일들이 연달아 발생하기도 했고, 무력감에 빠졌고, 복잡한 감정과 생각들이 계속 휘돌면서 정리가 되지 않았어요. 누군가는 갱년기 증상이라고 하고, 누군가는 저같이 예민한 사람이 지금까지 세상에서 살아 있는 것만도 용하다고 하더군요. 하긴, 오십이라니……. 이때까지 살 줄 누가 알았겠어요.

작가님의 편지를 읽으며 위로를 많이 받았어요. 방탄소년단의 노래도 좋았고요. 무엇보다 지난번 제 편지를 읽고 화내지 않아줘서 고마워요. 만약 반박하면서 싸우자고 하면 어쩌나 걱정했어요. 말은 그토록 단호하게 쏟아놨지만, 사실 저는 싸움에 그다지 능하지 못하거든요. 하미나 작가님과 싸우기는 더 싫고요. 작가님 말씀처럼 누가 옳고 그른가의 문제가 아닐 거예요. 살아온 맥락과 경험의 차이가 있을 테고, 아무래도 편지로 이야기하다 보니 한계가 있을 수도 있어요. 앞으로 천천히, 서로의 차이를 조금씩 알아가면서 이해와 공감의 지평을 넓혀가면 되지 않을까 싶어요.

그동안 반성도 많이 했어요. 지난 편지들 속에서 제가 가진 비관주의에 관한 이야기를 했는데요. 되돌아보니 참 거만한 태도더라고요. 세상에 숨 쉴 구석 하나 없으면서도 희망의 근거를 찾아 매일매일 노력하며 사는 사람들이 숱한데, 나는 대학 교수라는 편한 자리를 꿰차고 있으면서 절망이나 운운하다니. 최근에 철학자 김진영이 아도르노Theodor Adorno에 관해 쓴 《상처로 숨 쉬는 법》이라는 책을 읽었는데요. 거기에서 지식인이 가져야 할 자질로 '수치심'을 이야기하더라고요. 남들보다 편하게 살아가는 것에 대한 수치심, 사회운동이나 변혁을 운운하지만 설령 그것이 실패한다고 해도 언제든 돌아갈 자리가 있는 사람으로서의 수치심이요. 중요한 지적이라고 생각해요. 비록 제가 가진 비관주의가 쉽게 떠날 것 같지는 않지만, 앞으로는 절망을 이야기하기보다는 희망의 근거를 찾아 노력하는 사람들에게 힘을 보태야겠다고 생각했어요.

얼마 전엔 오랜만에 '달나라 딸세포' 친구들을 만났어요. 보통 한두 달에 한 번씩은 만나는데, 코로나19 때문에 한참을 못 만났으니 그야말로 간만의 회합이었어요. 이번엔 열 명이 모였는데요. 각자 요리나 과일, 디저트와 음료를 조금씩 준비해왔고, 모임 장소로 집을 내어준 친구가 맛있는 병아리콩밥과 불고기를 만들어주었어요. 세 명이 이달에 생일이라 선물을 전달하기도 했죠. 아이가 아직 어린데 맡길 곳이 없던 친구 한 명은 아이를 데려왔고요. 6시부터 만나기로 했는데, 미리 온 친구 몇 명은 이미 와인 몇 잔에 발그레한 얼굴로 재잘거리고 있더군요. 언제나 그렇듯이 자유롭고 깔깔거리는 분위기였어요. 서로서로 놀리고, 누가 누구에게 이야기하는지 잘 알 수 없는 혼돈 상태기도 하고요. 저는 서로 농담하고 놀릴 수 있는 관계가 참 소중하다고 생각하는데요. 편하고 잘 아는 관계기에 가능한 거기도 하지만, 직관과 재치가 번뜩이면서 웃음을 자아내는 농담만큼 분위기를 즐겁게 해주는 건 없으니까요.

인연이라는 게 참 신기해요. 1995년부터 학내에서 여성운동을 하며 만났던 친구들이니, 벌써 만난 지

30년이 가까워져 오네요. 처음에는 각자 단과대학이나 동아리에서 여성운동을 하던 친구들이었는데, 대학을 졸업할 즈음 그대로 접기가 아쉬워서 함께 페미니스트 단체를 만들었어요. 우리의 이야기를 전하기 위해 '달나라 딸세포'라는 웹진을 제작하기로 했고요. 그러면서 점차 서울대 바깥의 친구들도 참여하게 되었어요. 지금 찾아보니 1998년부터 2002년까지 총 17회에 걸쳐 웹진을 발간했네요.

당시 한국 사회에서 여성운동은 여성노동자운동과 주부운동이 주류였는데, 대학생이거나 갓 졸업했던 우리는 기존의 여성운동 속에서 우리의 문제를 해결할 수 없었어요. 목소리를 낼 필요를 느꼈죠. 이러한 흐름은 1990년대부터 대학에 진학하는 여학생들이 많아졌던 현상과도 연결이 될 테고요. 정체성이나 문화운동의 분위기가 거세졌던 시대적 상황과도 관련이 있을 거예요. 그즈음에는 대학 내에서 여성의 권리와 남녀평등 이슈들이 크고 작게 불거져 나왔어요. 운동권 내 성차별적 태도에 대한 비판도 등장하기 시작했고, 또 1993년 서울대 신정휴 교수 성희롱 사건이 사회 문제가 되면서부터 학내 성희롱·성폭력 문제도 중요한 사안으로 드러났고요.

그런데 달나라 딸세포를 만든 친구들은 이러한 학내 문제들 외에도 젊은 여성으로서 '딸됨'이라는 정체성에 관심을 가졌던 것 같아요. 처음에 우리가 함께하려고 했을 때 "도대체 우리는 무엇인가?"를 두고 서로 질문한 적 있었는데요. "우리는 결국 딸일 뿐이야"라고 누군가 말했어요. 우리는 결국 이 가부장적 사회에서 '딸아이'—'나이 어린', '남자 어른(아버지)의 말을 들어야 하는', '어머니의 위로가 되어야 하는', '권력과 위계에서 소외된 주변적' 존재라는 생각을 하게 된 거죠. 이러한 고민은 사회의 다른 소수자에 관한 관심으로 확장되기도 했어요. 우리는 기존의 여성운동에서 묘사하는 '여성'의 모습과 자신을 일치시키기가 어렵다 보니, 여성 집단 내부에 존재할 수 있는 차이에 관심을 가졌어요. 같은 여성이지만 우리 안에도 너무 많은 차이가 있었고요. 계급운동이나 민족운동의 한 부분으로서 여성 문제가 다뤄지는 것에도 반대했지만, 동시에 여성이라고 뭉뚱그려서 하나의 집단으로 이야기하는 담론에도 불편한 마음이 있었죠.

세월이 많이 흐르다 보니, 당시에는 모두 똑같이 대학생이었던 우리의 삶도 많이 바뀌었어요. 기업에 다니는 친구도 있고, 예술가도 있고, 교수도 있고, 의사와

약사도 있고……. 그러고 보니 다들 다양한 직업군에 종사하네요. 가족 구성도 다양해요. 싱글인 친구들도 있지만 결혼한 친구들도 있고, 아이를 낳은 친구들도 있고 싱글맘인 친구들도 있어요. 한국 사회의 다양한 가족 구성만큼이나 우리 안에도 다채로운 가족들이 존재해요. 대부분 여전히 페미니스트로 살아가고 있고 시시각각 관련 이슈들이 있을 때마다 나름대로 참여하고 있지만, 모두 그런 건 아니에요. 살면서 페미니즘에 회의를 느끼고 페미니스트이기를 그만둔 친구도 있고, 외부에서 자신이 '달딸'이었다는 것을 감추거나 정체성을 크게 중요하게 생각하지 않는 친구도 있어요. 이런 친구들은 모임에 잘 안 나오죠.

　　최근에 제가 많이 힘들었을 때, 달딸 친구들이 큰 도움이 되었어요. 혼자 꾹꾹 참다가 너무 답답해서 몇 명에게 전화를 걸었는데, 다행히 여러 친구가 시간과 마음을 내어서 이야기를 나누어주었어요. 같이 분노해주기도 했고, 자신의 경험담을 나누어주기도 했고, 당장 필요한 도움이 있는지 물어봐주기도 했고요. 한 친구는 저와 비슷한 고민을 하는 다른 '아는 언니'와의 만남을 주선해주기도 했어요. 20대에 만나 당시의 고민을 중심으로 모였던 친구들이지만, 수십 년이 지난 지금까지도 깊은 이야기를 나눌 수 있고 어려울 때 서로 도움을 청할 수 있다는 점에서 달딸 친구들은 정말 소중해요.

문득 하미나 작가님의 페미당당은 어떤지 궁금해지네요. 그 친구들과는 지금도 잘 지내고 계신가요? 그들과 함께하게 되었던 계기는 무엇이었나요? 괜찮다면 다음번 편지에서 그 이야기를 나눠주셨으면 해요. 그리고 오늘 편지를 쓰면서 생각했는데, 언제 기회가 되면 달딸과 페미당당 친구들이 함께 만나는 자리를 만들면 참 좋겠어요. 장소를 빌려서 간단한 파티를 열어도 재밌지 않을까요?

2022년 5월 13일

영웅이 되지 않는

여자들을 떠올리며

안녕하세요, 선생님. 건강히 잘 지내고 계시지요? 선생님 편지를 받고 마치 바통 터치하듯이 저도 몇 주 동안 아팠답니다. 손가락과 손목이 저려서 병원에 가보니 목 디스크라고 하더라고요. 디스크가 돌출된 지 최소 3개월에서 6개월은 된 것 같은데 안 아팠냐며 제가 꾸역꾸역 참고 살았다고 하더라고요.

이 병원이 과잉 진료를 하는 것인지 진짜 제가 아픈 것인지는 잘 모르겠지만, 이상하게도 치료를 시작하자 몸이 이때다 싶듯 편하게(?) 아프기 시작했어요. 목 통증이 줄어드니 허리에서, 왼쪽 손가락에서, 오른쪽 발목에서 작은 폭죽이 펑펑 터지는 것 같은 기묘한 통증이 생겼어요. 하루치의 일정이 소화가 잘 되지 않고 전처럼 오래 앉아있기가 어렵습니다. 이런 제 몸이 무척 낯설어요. 일을 못하니 억울하다는 생각이 들고요. 고민하다가 이번 여름 마감하려고 했던 책 출간을 미루기로 결정했어요.

선생님, 민감한 사람으로 사시기 고단하시지요? 저는 서른 살까지 사는 데에도 이렇게 진이 다 빠져버렸는데 선생님은 어떠실까 싶어요. 저도 한 예민 하는 사람이라 그 고통이 공감이 됩니다. 어제는 일기장에 이렇게 썼어요. "나를 빛나게 하는 것들이 나를 망가뜨리고 있다." 사람들이 안테나를 하나만 달고 다닌다면 제 몸에는 열여덟 개의 안테나가 있는 것 같아요. 모든 지점에서 예민하지는 않은데요. 저는 특히 사람들의 정서 상태에 민감한 것 같아요. 언어로 표현하자면 '영적으로 민감하다고 spiritually sensitive'고 느끼는데, 'spiritual'하다는 건 꼭 종교적인 뜻만 있지는 않고 정신 상태, 정서, 믿음, 마음 등 여러 가지를 포함하는 것 같아요. 늘 다른 사람들보다 시간이 느리게 흐른다고 느끼는 것도, 같은 경험도 더 강렬하고 깊게 느끼는 것도 그 때문인 것 같고요.

이런 제 특성은 장점도 있지만 저를 위험하게 만든 적도 많습니다. 나와 외부 세계의 경계가 불분명하니 너무 자주 공명하고 영향을 쉽게 받아요. 활짝 열어둔 문으로 세상의 온갖 것들이 들어오는 느낌이에요. 아픈 며칠 동안 어떻게 하면 단단하면서도 유연하고 건강한 자아 경계를 만들 수 있을지 고민했어요. 또 죄의식을 조금은 내려놓고 제게 편안한 환경을 좀 더 적극적으로 찾아 나서야겠다고 결심했어요. 용기를 내서 이번 달 말부터 한국을 잠시 떠나 있으려고 해요.

화내지 않아주어서 고맙다니…… 제가 감사해요, 선생님. 사실은 편지를 기다리는 동안 저도 걱정과 반성을 참 많이 했어요. 제가 너무 오만했던 것 같아서 스스로 머리를 쥐어박고 싶었습니다. 선생님께서는 제가 알지 못하는 수많은 경험들을 해오셨을 텐데, 그 깊이를 알지도 못하면서 함부로 말을 얹은 것은 아닐까 괴로웠어요. 우리가 대화가 가능한 건 상당 부분 선생님께서 제게 잘 대해주셔서 그런 것 같아요. 저를 늘 존중해주셔서 저도 처음 편지를 시작할 때보다 훨씬 더 마음이 편안해졌어요. 우리가 나누는 대화도 깊고 넓어진 것 같고요. 그렇게 쌓인 신뢰 위에서 선생님께 투정도 부려보고 하는 것 같아요.

딸딸 이야기 해주셔서 너무 좋았어요. 제가 페미당당을 시작한 이유는 딱 한 가지였어요. 바로 '친구가 필요해서'입니다. 저는 그때 홀로 성폭력 재판을 진행하며 이전과는 다른 방식으로 세상을 보기 시작했고, 이러한 혼란스러운 변화의 과정을 함께 나눌 친구가 너무도 필요했어요. 저의 취향이나 관심을 우스워하거나 조롱하지 않는, 지적·문화적 자원이 있는 사람들도 필요했어요. 그래서 용기를 내 먼저 다가가고 그 안에서 나의 자리를 찾기 위해 무척 애썼던 곳이 페미당당입니다.

저는 페미당당을 너무나도 많이 사랑했어요. 활동을 하던 시기에는 페미당당 친구들이 제게 인생에서 가장 중요한 사람들이었어요. 그건 다른 친구들도 비슷할 거예요. 우리는 너무도 고립되어 있었어요. 가족에게도 쫓겨날 위기였고, 나를 있는 그대로 받아들이고 사랑해줄 사람을 찾기 위해 손에 잡히는 무엇이든 매달리며 방황하고 있었거든요. 제가 가진 모든 열정을 동원해 활동하고 친구들을 사랑했어요. 그래서 더 열렬하게 싸웠지요. 갈 곳 없는 사람들이 모여 서로를 가족으로 삼았다고 생각해요. 처음 시작할 때는 몰랐죠. 가족은 서로 사랑하는 만큼 상처도 많이 주는 존재라는 것을요. 누군가를 내 삶에 초대하면 사랑만큼이나 미움, 분노도 함께한다는 것을요. 서로가 가까워지는 한 다치는 일이 불가피하다는 것을요.

달나라 딸세포에서 '딸됨'이라는 정체성에 대해 고

민했다는 것이 무척 흥미로워요. 왜냐면 페미당당 활동을 하면서는 한 번도 이 얘기를 나눈 적이 없거든요. 또 당시 한국 사회의 여성운동은 여성노동자운동과 주부운동이 주류였고 그로 인해 여성으로서 다른 정체성을 감각했다는 점도 놀라워요. 지금의 여성운동은 제가 느끼기에 고학력 비혼 여성을 중심으로 이루어지고 있거든요. 오히려 노동 문제나 계급 문제, 기혼 여성에 대한 논의가 무척 부족하다고 느낍니다. 결혼하거나 출산한 여성에게 적대적이기까지 하지요. 우리끼리 그럴 필요가 없는데도 말이에요. 결혼할 것이냐, 커리어를 택할 것이냐는 두 문제가 마치 양립 불가능한 것처럼 택일을 요구하는 사회가 문제죠.

　　여성 사이의 계급적 차이에 대한 인식은 페미당당 활동을 하면서 제가 가장 강하게 실감한 부분입니다. 이 지점이 끝내 해소되지 못해 페미당당 활동을 그만두었다고 볼 수 있을 정도로요. 겉으로 보기에 우리는 대학에서 만난 친구로 이루어진 모임이었지만, 학자금 대출을 갚아야 하는 상황에 놓인 사람은 저밖에 없었어요. 친구들의 부모님은 대체로 교수, 의사, 작가, 기자 등이었고, 친구들은 자라면서 진보적 지식을 습득할 수 있는 환경 내에 있었어요. 경제적으로 부유하지 않다고 하더라도 인적·문화적 자본이 풍부했고, 그게 활동을 하거나 정치적 의견을 가지는 데에도 큰 영향을 준 것 같았어요. 아마 시간이 흘러 결혼을 하거나 재산을 상속받는 시기가 되면 우리 삶의 양식이나 고민이 무척 달라지겠죠. 저는 부모로부터 인적·문화적·경제적 자본을 물려받은 것이 거의 없어서 일찌감치 독립할 수 있었고 부모 자식의 관계도 간결해졌어요. 아마 세상에는 저 같은 청년이 더 많을 텐데, 제가 20대를 서울대에서 보내다 보니 격차를 크게 느낀 셈이지요. 어느 순간 서울대가 저의 성장을 방해하고 있다고 느껴서 떠났고, 앞으로도 돌아가지 않을 거예요.

페미당당을 너무도 사랑했지만, 친구들이 '자신들과 어울리지 않는다고 여기는' 여성들에 대해 이야기할 때마다 제가 페미당당 바깥으로 밀려나는 기분을 느꼈어요. 저는 페미당당에 속해 있는 사람이었는데도 그랬어요. 학력이 짧은 여자들, 촌스러운 여자들, 지적이고 문화적인 대화를 나눌 수 없는 여자들과 어울리지 않으려는 모습이 너무 미웠고 상처가 됐어요. 본가에 가면 제 주변에는 온통 그런 여자들이고, 저는 그 여자들을 사랑하니까요.

사랑하기도 미워하기도 했지만, 여전히 페미당당

은 제게 좋은 곳이에요. 그만큼 저를 받아주고 제 의견을 끝까지 열린 마음으로 귀담아들어준 곳은 이제까지 아무 데도 없었어요. 저를 견디느라 친구들도 무척 힘들었을 거예요. 페미당당 안에서 안전하게 있기 위해 울타리를 쳐두려고 하는데, 제가 저의 성향 때문에 자꾸만 문을 열고 타인을 초대하려 했으니 친구들도 많이 피곤했을 거예요. 친구들이 울타리를 닫아둔 덕분에 우리가 서로를 더 안전하게 보살필 수 있었던 것도 맞으니까요.

페미당당을 하면서 우리가 봉착했던 또 다른 문제가 있어요. 어떻게 단체를 굴려야 누구도 소외되지 않을 수 있는지에 대한 문제입니다. 페미당당에는 대표가 없거든요. 누군가 한 사람이 우리를 대표하고 권력을 독점하는 방식이 옳지 않다고 생각했어요. 의사소통 방식도 굉장히 평등하게 이루어졌어요. 페미니즘으로 세상을 다시 보는 일은 단순히 남성 중심적인 세계를 무너뜨리는 것만이 아니라 완전히 다른 방식으로 세계를 상상해야 하는 것이더라고요. '가부장을 닮은 단체의 대표를 만들지 말자', '대의를 위해 구성원을 희생시키지 말자' 같은 의견에 합의한 뒤에도 어떤 방식으로 단체를 운영하는 것이 페미니즘적인지 알기 어려웠어요. 결정이 느렸고, 대표를 맡은 사람이 없으니 책임질 사람도 없고, 악역을 자처하는 사람이 없다 보니 일을 진행하기가 대단히 어려워지더라고요. 우리가 권력을 갖는 일을 너무 나쁘게만 생각했던 것 같기도 해요. 두려워했던 것도 같고요.

선생님의 편지를 읽으며 영웅주의에 대해 생각했어요. 선생님께서 영웅주의를 비판하신 것이 마음에 걸렸거든요. 제가 성폭력 재판을 진행할 때 아버지가 저에게 했던 말은 "영웅이 되려고 하지 말라"였어요. 하지만 저는 영웅이 되기 위해 그 일을 한 게 아니었거든요. (다만 용기가 필요하긴 했어요.) 아버지가 제게 그렇게 말했을 때 저는 상처를 받았어요. "튀지 마라, 남들 다 그러고 사는데 왜 너만 그러냐"의 의미로 받아들여졌거든요. 그래서 "영웅이 되면 뭐 어때? 영웅이 되세요!"라고 말하고 싶기도 해요.

편지를 시작할 때 저도 모르게 선생님이 멘토 역할을 해주시기를 기대했던 것 같아요. 선생님이 제게 영웅이었으면 했나 봐요. 그런데 선생님은 영웅담을 거절하셨어요. 그럼에도 여전히 저는 선생님과의 대화에서 큰 힘을 얻어요. 어쩌면 어떤 여자가 내게 힘이 되는 방식은 영웅담의 방식이 아니겠구나 싶어요.

네 곁에…… 내가 있어

SF 작가 어슐러 르 귄Ursula Le Guin은 1986년 에세이 《소설판 장바구니론The Carrier Bag Theory of Fiction》에서 초기 인류가 식량 대부분을 사냥이 아닌 채집으로 구했고, 채집이 여성의 일이었음을 지적해요. 그러다 사냥이 등장해 극적인 이야기의 소재가 되었다는 거지요. 흔히 인류의 조상이 최초로 사용한 도구가 딱딱하고 날카로운 무기였으리라고 생각하지만, 르 귄은 사실 무언가를 담는 용기가 더 오래되고 중요한 도구였다고 말해요. 이 차이가 이야기를 풀어나가는 형식에도 영향을 미쳤다는 것이지요.

사냥은 한 사람의 영웅적인 드라마로 가득합니다. 위험천만한 고비를 겪으며, 끝내 "내가 이 날카로운 무기로 곰을 무찔렀다!"라고 외치지요. 반면 여자들이 무리를 지어 열매를 따고 곡식의 낱알을 주울 때는 한 사람만의 두드러진 드라마가 없지요. 공동의 협업이 있을 뿐이에요.

멕시코계 시인 에이다 리몬Ada Limón은 2019년 전미도서비평가협회 시인상을 받으면서 이렇게 수상 소감을 발표했다고 해요. "우리는 옆에서 응원해주는 착한 유령들과 함께 시를 씁니다. 나는 어떤 것도 혼자 해내지 않았고, 어떤 시 한 편도 혼자 쓰지 않았습니다."

그리고 고마운 은인, 사랑하는 사람들, 시를 쓰고 싶었지만 쓰지 못했던 수많은 이들의 이름을 하나하나 불렀대요.

용기를 내지만 영웅이 되려고 하지는 않는 여자들, 자신을 영웅이라고 부르기에는 너무 많은 여자들의 이름이 떠오르는 여자들, 그 사이에서 살아가는 우리의 모습을 봐요. 제가 누군가를 통해 위로와 용기를 얻는 방식은 어쩌면 자신의 한계를 드러낸 여성들의 이야기를 제 안에 적립하는 방식일지도 모르겠습니다. 다채롭게 못나고 때로는 시기질투하고 때로는 울고 싸우고 또 화해하고 다시 일어나는, 생생하게 살아있는 그녀들의 이야기를요. 세대가 다른 페미니스트가 만나 연대한다는 것도 그런 게 아닐까 싶어요.

괜찮으시다면 다음 편지에서는 학계에서 선생님이 여성으로서 살아남으면서 느끼셨던 것들을 듣고 싶어요. 선생님과 학교 욕 하는 게 너무 재밌고 좋거든요. 선생님께는 제 가족들을 편하게 소개할 수 있을 것 같아요. 선생님이 존중해주시리라 믿고, 그걸 느낀 우리 가족도 선생님께 주눅 들지 않으리란 믿음이 있거든요. 잘 섞여 놀 수 있을 것 같아요.

멀리 나아가 공부하고 오신 선생님, 저도 여름에는

베를린에 공부를 하러 갑니다. 공부하는 여성으로서의 노하우가 있다면 듣고 싶어요. 9월에 돌아오면 달딸과 페미당당 친구들과 함께 만나 놀아요. 너무나도 행복할 것 같아요.

2022년 6월 1일

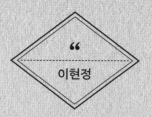

이현정

학계에서

여성으로 살아가는 일

여름에 베를린에 가서 공부한다니, 그 문장만으로도 베를린의 향기가 전해져오는 것 같아 제 마음이 설레네요. 전 베를린에 가본 적이 없답니다. 그렇지만 발터 벤야민 Walter Benjamin의 《1900년경 베를린의 유년시절》을 좋아했어요. 어찌 보면 참 신기한 일이죠. 다른 시대에 태어나 저와는 아무런 공통점이 없는 유대인 남성 벤야민의 글을 읽으면서 공감과 전율을 느꼈다는 게요. 기회가 된다면 저도 언젠가 꼭 한번 베를린에 가 보고 싶어요. 작가님, 그곳에서 맘껏 즐겁게 지내고 오세요.

'학계에서 여성으로 살아남기'라……. 보내주신 질문을 생각하면서, 최근에 읽은 메리 앤 메이슨 Mary Ann Mason, 니컬러스 울핑거 Nicholas H. Wolfinger, 마크 굴든 Marc Goulden이 쓴 《아이는 얼마나 중요한가》라는 책을 떠올렸어요. 미국 학계에서 여성의 취직과 승진에 결혼과 출산이 어떻게 차별 요인으로 작용하는지를 분석한 책인데요. 여성이 박사 학위를 따고 교수가 되는 시점은 대개 결혼하고 출산하는 시기와 겹치는데, 여성이 가정생활을 하면서 전문가로 성공할 수 없다는 편견이 존재하는 까닭에 여성이 학계에서 살아남기가 매우 힘들다고 지적하고 있어요. 이 책을 읽으면서, 미국뿐 아니라 한국에도 해당하는 중요한 문제점들을 잘 지적하고 있다고 생각했어요.

결혼하고 자녀를 둔 남성은 성숙하고 일을 더 잘할 거라고 여겨지지만, 여성은 가정에서의 역할로 인해 맡은 일에 진지하게 임하지 못할 거라고 여겨지지요. 또, 학위 과정을 밟으며 결혼해 아이를 둔 여성 대학원생은 보육비 마련이 어려워 학계에 남기를 포기하고 다른 직장을 찾기가 쉬워요. 교수가 되기 전 연구교수나 연구원, 시간강사직을 맡고 있을 때도 마찬가지예요. 학계의 편견과 경제적인 이유 등으로, 아이가 있는 여성들은 교수라는 목표를 포기해야 한다는 압박감이 높아져요. 실제로 여성들은 정교수보다는 조교수, 연구교수, 시간강사 자리에 포진해 있고, 연구 중심의 최상위 대학보다는 주변적인 대학에 머물러 있어요.

제 경험이 일반화될 수는 없겠지만, 오늘은 학계에

서 여성으로 살아온 제 이야기를 해보려고 해요. 요즘 젊은이들은 자신의 미래에 대해 꽤 구체적으로 로드맵을 그려놓기도 하던데, 저는 사실 대학원에 진학하기로 했을 때 앞으로의 미래에 대해 별다른 생각이 없었어요. 교수가 되어야겠다는 목표 의식도 딱히 없었고요. 그저 취직해서 회사생활을 하는 일이 제게 잘 맞지 않는다고 생각했고, 책 읽고 공부하기를 좋아했기에 계속 이런 일을 하며 산다면 좋겠다고 생각했어요. 저는 의대를 다니다가 나중에 인류학을 선택한 경우라서 전공에 대한 고민은 없었어요. 인류학이라는 학문에 만족하고 있었고, 멋진 인류학자가 되고 싶다고 생각했죠.

여성이라는 자각, '여성이기 때문에 내가 학계에서 동등하게 여겨지지 않을 수 있겠구나'라는 생각은 대학원에 들어가자마자 시작됐어요. 당시 학과 교수님 다섯 분이 모두 남자였고, 단과대에는 백 명에 가까운 교수 중 겨우 두세 분의 여자 교수님이 계시는 상황이었어요. 대학원 수업이 끝나면 선후배들의 술자리가 꽤 잦았는데요. 어느 날 문득, 술자리에서 남자 교수와 선배들이 여학생보다 남학생에게 더 관심을 두고 대한다는 느낌을 받았어요. 남자들은 학문적인 이야기뿐 아니라 개인적인 이야기를 (때로는 성적 농담을) 친밀하게 주고

받았고, 축구모임 같은 동호회 활동을 함께하기도 했어요. 학계 남성들 사이에 눈에 보이지 않는 결속이 존재하고 있었어요. 반면 여자 대학원생들은 그 수가 더 많았음에도 불구하고, '밀어주고 끌어주는 선배들'이 별로 없는 상황에서 자기의 능력으로 각개전투를 해야 했죠. 여성으로서 학계에서 살아가는 일이 어떤 것인지 알려주는 멘토도 별로 없었고요.

석사를 마치고 나서는 미국으로 박사 유학을 갔어요. 그때 저는 한국을 떠나고 싶은 마음이 강했어요. 한국은 너무 고리타분하고 억압적이었어요. 이래야 한다, 저러면 안 된다. 서른이 다 되어도 여전히 나를 부족하고 철없는 존재로 보는 사회적 시선들이 숨 막혔죠. 학문적으로도 한국은 좁디좁았어요. 제가 공부하고 싶은 분야였던 의료인류학은 한국엔 아직 존재하지도 않았고요. 더 넓은 세계로 나가고 싶었어요. '열심히 공부해서 박사 학위를 따면 전 세계 어디서든 직장을 구할 수 있지 않을까? 설마 굶어 죽겠어?' 그렇게 생각하면서 미국으로 떠났던 기억이 나요.

저는 박사과정 중간에 결혼했어요. 저의 경우 결혼이 학업에 부정적인 영향을 주지 않았어요. 남편은 공부하는 직업을 가진 저를 이해해주었고, 모아둔 돈은 많지 않았지만 각자 독립적으로 스스로를 돌보며 살아갈 수 있었죠. 하지만 아기가 태어나자 삶이 완전히 뒤바뀌었어요. 제 평생 가장 경이로우며 행복한 순간이었지만, 아이를 낳고 제 일상은 통제할 수 없는 여러 일들로 뒤죽박죽이 됐어요. 엄마로서의 욕심을 상당히 내려놓았는데도요. 논문을 쓰는 동안에는 남편의 도움만으로는 부족해 아기를 봐줄 수 있는 어린이집을 알아봐야 했어요. 아이가 요람에서 떨어져 울어도 내버려 두는 열악한 장소였지만 어쩔 수가 없었죠. 주변에 남편이 박사과정 대학원생이어서 아내가 직장을 포기하고 아기를 돌보는 가정이 여럿 있었는데요. 남편이 아내의 공부를 돕는다고 해도 여전히 여성이 집안일을 주로 하고 아이의 주 양육자가 되더라고요.

서른다섯에 귀국하고 나니 참 살길이 막막하더군요. 친구들은 직장에 자리 잡은 지 10년 가까이 되었지만, 저는 이제 시작이었어요. 겨우 두 살 된 아기가 있으니 당장 우윳값이라도 벌어야 하는데, 남편과 저는 둘 다 막 귀국한 뒤라 맨땅에서 직장을 구해야 했고 경제적으로 도움을 요청할 사람도 없었지요. 반년쯤 지나자 다행히 소식을 들은 몇몇 선배가 자리를 마련해 주어서 시간강사 일을 시작할 수 있었어요. 주변에서는 여자가 교수 되기가 어려우니 지금이라도 공무원 시험을 보라는 등, 공부방을 해보라는 등, 학계에서 직장을 찾고자 하는 저를 어리석고 이기적인 사람으로 보았어요.

실제로 학계의 여자 선배들은 대개 교수가 되지 못하고 연구교수나 시간강사직을 맴돌고 있었어요. 이들은 '열심히 하면 언젠가 교수가 되겠지' 하는 생각으로 밤늦게까지 시간을 쪼개 연구를 하면서 아이를 엄마 없이 놔둬야 하는 상황에 부딪혔죠. 저도 연구교수 시절에 거의 매일 11시가 넘어야 퇴근할 수 있었는데요. 저녁 6시까지 하는 유치원에 아이를 맡길 수 있었고 남편도 도와주었지만, 아이가 일어나기 전에 나가고 잠든 후에야 귀가하는 생활 속에서 엄마 노릇을 충분히 할 수 없었어요. 그나마 당시 상황의 긍정적인 면이라면, 이를 악물고 어서 빨리 교수가 되어야겠다는 의지를 다질 수 있었다고나 할까요? 그런다고 해서 다 교수가 되는 건 아니지만……. 교수가 되는 데까지 걸리는 시간을 최대한 단축하고자 '미친 듯이' 논문을 쓰고 학회에 발표하고 업적을 내려고 애썼던 것 같아요.

서울대에 임용되기 전에 몇 군데 다른 대학의 교수 자리에 지원했다 떨어지기도 했어요. 좋은 조건의 대학일수록 남자를 선호한다고 단언하긴 어렵겠지만, 학계에서는 여자 교수를 꼭 뽑아야만 하는 경우가 아니라면 어느 학과에서든 여자를 잘 뽑으려고 하지 않아요. 제가 서울대에 지원할 때도, "이미 학과에 여자 교수가 여럿 있는데 또 여자를 뽑겠냐"며 굳이 지원할 필요가 없다고 조언해준 선배들도 있었어요. 물론 예외가 존재하기는 하지만, 기존 교수들이 대부분 남성이다 보니 자신들과 함께 네트워크를 꾸리고 친밀감을 나눌 수 있는 남성을 선호하죠. 여성은 학과나 학교 일에 남자만큼 헌신적이지 않을 거라는 편견도 있고요.

교수가 되고 난 뒤 임용 논의에 참여하거나 다른 교수들과 대화를 하게 되면서, 교수 임용에서 남자를 선호한다는 사실을 더 분명히 알게 되었어요. 충격적인 사실은 남자 교수뿐 아니라 여자 교수들도 여성이 남성에 비해 연구나 일을 잘하지 못할 거라는 편견이 있다는 거예요. 저는 사회적으로 꽤 존경받던 여자 교수 한 분이 "젊은 여자가 학교에서 나대는 걸 보고 싶지 않다"고 발언하며 여성 교수 임용을 반대했다는 얘기를 들은 적도 있어요. 남자 교수들은 "나는 남자를 선호한다"고 공공연하게 말하기도 하고, 굳이 자기 의견을 내세우지 않아도 남자 교수를 뽑는 것이 '디폴트'라고 생각하는 듯해요. 모집 공고에 공식적으로 '남자 우대'라고 적혀 있지 않더라도 성차별은 암묵적으로 존재하죠.

임용될 때부터 "여자라서 일을 못 한다, 학과에 헌신적이지 않다"는 비판을 의식할 수밖에 없다 보니, 교수가 된 후에 아이 양육이나 집안일에 대한 이해나 배려를 기대하기 어려웠어요. 이른 아침에 회의에 참석해야 하거나 저녁 늦게까지 콘퍼런스가 있는 경우 아이를 돌봐줄 사람을 찾아야 했어요. 저는 인류학과다 보니 며칠 동안 학생들을 데리고 해외 현지조사를 다녀와야 했는데, 하필 그때 아이를 돌봐줄 사람이 아무도 없어서 결국 초등학생인 아이를 혼자 두고 가야 했어요. 학과에 사정을 이야기해봤지만, 예외를 둘 수는 없다고 하길래 더 이상 언급하지 않았죠. 한국 사회는 여전히 집안일이나 양육을 여성이 떠맡아야 한다고 생각하고, 남편이 있더라도 도움을 제공하는 정도라고 봐요. 이런 현실은 여성이 학계에서 자신의 경력을 쌓고 성공적인 지위로 올라가기 어렵게 만들죠.

여성 문제에 공감하지 않는 여성들도 존재해요. 경제적 또는 인적 자원 측면에서 좀 더 수월한 환경에 있었거나 대단한 의지로 문제들을 극복한 '슈퍼우먼' 교수의 경우, 다른 여성 연구자들도 자신처럼 할 수 있거나 해야 한다고 생각하곤 해요. 그래서 다른 후배 여교수나 대학원생이 출산이나 양육으로 힘들어하고 도움이나 배려를 요청할 때면, 이해하고 손을 내밀기보다는 냉정하게 핀잔을 주거나 "나는 더 어려운 상황에서도 해냈다"며 비판하기도 하죠. 요즘 젊은 사람들이 '명예 남성'이라고 일컫는 '가부장적' 여교수도 있어요. 그들도 젊었을 때는 여성으로서 차별을 느끼거나 힘들어했을지도 모르지만, 스스로 '남성화'됨으로써 그런 차별을 극복하려고 시도해왔다 보니 어느새 사회적으로 '남성'이 되어버린 것 같아요. 그들은 학계가 남성 중심적이라는 것을 잘 알기에 여자 제자보다 남자 제자를 잘 지도해야 한다고 생각하기도 하고, 여성이 남성처럼 되어야 성평등이 가능하다고 믿기도 해요. 여성이 출산이나 양육 과정에서 어려움을 겪는 것을 잘 이해하지 못하지요.

학계 여성으로 살고자 하는 사람이 있다면 몇 가지 조언을 하고 싶어요. 제가 겪었던 여러 가지 경험을 바탕으로요.

먼저, 결혼 자체보다는 어떤 사람과 결혼하느냐가 공부하는 과정에 영향을 미치는 것 같아요. 공부하는 아내란 (대학원생이거나 아직 취직 전이라면) 미래가 불확실하고, 취직까지의 기간이 오래 걸리며, 수입이 매우

적거나 없고, 개인적으로 일에 몰두해야 하는 시간이 많이 필요하다는 뜻이에요. 이런 특성을 이해하고 집안일이나 양육을 분담할 수 있는 사람을 만나는 게 중요한 것 같아요.

둘째, 출산과 양육이 분명 학계 여성으로 살아가는 데 크나큰 희생을 요구하는 것은 사실이지만, 아이를 굳이 포기할 필요는 없다고 생각해요. 저는 개인적으로 삶에서 출산이라는 경험이 아주 중요했어요. 비록 아이가 어렸을 때 '좋은 엄마' 노릇을 하지는 못했지만, 아이의 존재는 계속 공부를 지속하는 데 큰 힘이 되었고 아이를 통해 커다란 정서적 지지를 받았어요. 어릴 때 오랜 시간을 보내진 못했지만, 제 일을 포기하지 않았기에 아이가 자란 다음에도 좋은 관계를 형성할 수 있는 기반이 되기도 했고요. 그렇지만 출산이나 양육을 원하지 않는다면 굳이 선택할 필요가 없겠죠.

셋째, 아이를 언제 낳을지, 몇 명을 낳을지는 잘 생각해봐야 할 문제지만, 누구에게나 해당하는 '최적의 시기'는 없어요. 대학원생일 때 아이를 낳으면, 일찍 키우고 연구교수나 조교수 시절에 연구에 몰두할 시간을 좀 더 확보할 수 있어요. 교수가 된 다음에 아이를 낳는다면, 취직 전에 연구할 수 있는 시간을 확보할 수 있겠죠. 저는 한 명의 아이만으로도 벅차다고 느꼈는데요. 주변 여성 연구자 중에는 두 명이나 세 명의 아이를 낳아서 기르는 경우도 적지 않아요. 이 부분은 자신의 경제적 상황, 공부하는 스타일, 주변의 인적 여건, 제도적 환경 등을 고려해서 정해야 할 것 같아요.

작가님이 지난번 편지에서 제게 어려운 질문을 던져 주셔서, 이번 기회에 제 삶을 전체적으로 돌아보며 여러 가지 생각을 해볼 수 있었어요. 고마워요. 우리의 편지는 저를 항상 더 고민하게 하고 또 성장시킨답니다. 그리고 이번 편지를 쓰면서, 저는 문득 작가님의 경험은 어땠는지 궁금해졌어요. 저와는 약 20년 차이가 나는 다른 세대를 살아온 사람으로서, 또 자연과학 분야에서 공부해온 사람으로서, 경험이나 관찰한 내용이 조금은 다르지 않을까요? 혹시 괜찮다면 다음번엔 그 이야기를 들려주세요.

어디에 계시든지 늘 평안하길 바라며.

2022년 6월 18일

하미나

저는 고작

스무 살이었어요

선생님, 미나예요. 건강히 잘 지내고 계시지요? 편지를 보내주셨을 때가 막 종강하던 시기여서 무척 바쁘셨을 듯해요. 한 학기를 무사히 보내시느라 고생이 많으셨지요?

《1900년경 베를린의 유년시절》, 꼭 읽어볼게요. 발터 벤야민 이야기를 해주셔서 놀랍고 반가웠어요. 며칠 전 친구가 저를 위로하다 벤야민을 인용해주었거든요. 지금은 공포가 많이 사그라들었지만, 출국 결정을 내리고 난 뒤부터 저는 어쩐지 이번 여행에서 죽을지도 모른다는 공포와 불안에 사로잡혀 있었어요. 이번이 세 번째 장기 여행인데, 첫 번째와 두 번째 장기 여행 때 모두 생사의 갈림길에 설 만큼 큰 사고가 있었거든요. 세 번째인 이번에야말로 정말 죽지 않을까 생각했어요.

그 불안과 공포를 들여다보면서 알게 된 것도 있어요. 작가로 활동하며 제게 주어진 기회와 자유가 넓어지면서, 이것이 좋은 일이기도 하지만 한편으로는 굉장한 스트레스를 받고 있다는 걸 깨달았어요. 풍요로운 기회가 불길하게 느껴지고 마음 깊숙한 곳에서는 제가 이것을 누릴 만하지 않다고 생각하고 있더라고요. 기쁨과 만족을 누리는 일에 익숙하지 못한 것 같아요. 많은 여성들이 그렇듯이요.

선생님도 아시다시피 제가 책을 쓰던 중에 저의 인터뷰이 중 한 분이 세상을 떠나셨어요. 그분은 죽음의 영역으로 넘어가셨지만 여전히 제 삶의 영역에 침투해 들어와요. 그분과 관련한 이야기가 자꾸만 제게 넘어온답니다. 몇 주 전에는 한 출판사 편집자로부터 출간 제안을 받았는데, 그분과 이름이 같더라고요. 당분간 새 계약을 맺을 생각이 없는데도 불구하고 순전히 그분과 이름이 같다는 이유만으로 이끌리듯 그 편집자분을 만났어요. 만나고 보니 그분을 아시더라고요. 같은 회사에 다니셨대요. 정말 우연히도, 그분의 빈자리에 그 편집자분이 들어가시게 된 거예요! 심지어 그분의 컴퓨터를 받아 쓰셨고, 그 컴퓨터에 정보가 남아 있어서 동명이인이었던 전임자가 왜 회사를 더 나오지 못하게 되었는지도 알게 되셨대요. 그분이 회사에 돌아온 줄 알고 착각한 다른 회사 직원들로부터 사내 메신저로 메시지를 받기도 했고요. 이런 이야기를 처음 해본다고, 자기도 기분이 묘했다고 말씀하시더라고요.

일련의 사건들을 겪으니 시간을 전과는 조금 다르게 감각하게 돼요. 이미 지난 줄 알았던 과거가 불쑥 현재에 들이닥치기도 하고, 죽음 이후에도 여전히 삶이 계속되는 것 같고요. 저의 정체성이 책을 쓰기 전과는 달라지면서 이전과는 다른 방식으로 과거를 기억하게 돼요. 과거, 현재, 미래가 순차적으로 진행되는 게 아니라, 현재의 내가 매순간 달라질 때마다 과거와 미래가 통째로 변하는 것 같아요. 과거와 미래 모두 관념으로만 존재하니까요. 이것이 머리로 이해된다기보다는 감각으로 느껴져서 혼란스러웠어요. 그러면 이전의 나는 어디로 갔느냐는 말이에요…… 우연한 계기로 교통사고에서 살아남은 내가 있는 이곳이 있듯이, 내가 안타깝게 사망한 다른 세상이 있을 것만 같고…… 여러 개의 우주…… 나와 타인의 경계는 불분명……

이런 혼란스러운 상태에서 친구와 지하철을 타고 가는 길에 제 생각을 제대로 설명하지 못하고 "시간이 선형적이지 않아서 무서워" 하면서 울었어요. 그러자 친구가 역사와 시간의 흐름을 선형적으로 보지 않았던 학자인 발터 벤야민에 대해 말해주었어요. 다른 사람도 비슷한 생각을 했다는 것만으로도 위안이 되었어요. 선생님은 인류학자시니까 이 문제에 대해서 이야기해보고 싶었어요. 혹시 발터 벤야민이나 시간의 비선형성에 대해 알고 있는 것이 있다면 제게도 조금 전해주세요.

학계에서의 경험을 나눠주셔서 감사해요. 저도 《아이는 얼마나 중요한가》를 읽었어요. 안 그래도 읽으며 선생님 생각을 많이 했거든요. 그 책에서 성차별보다 더 심각한 것이 모성차별이라는 이야기가 나오잖아요. 학계의 엄마들이 얼마나 진퇴양난의 상황에 빠져 있는가를 보여주는데, 선생님과 선배 여성들이 겪었을 고난에 제 마음이 사무치는 것만 같았어요.

오늘은 저도 선생님께 대학에서 있었던 일들에 대해 말해보려고 해요. 제가 겪은 것들을 말하려니 벌써 움츠러들고 우울해져요. 선생님의 편지를 쭉 읽으며 혼자 생각했어요. '그때 선생님을 만났더라면 어땠을까?'

웃긴 얘기를 해드릴게요. 이 이야기는 다른 친구들에게도, 지면에서도 제대로 끝까지 해본 적이 없어요.

저는 선생님들로부터 겪은 성폭력의 역사가 유구해요. 시작은 중학생 때부터예요. 당시 다니던 학원 선생님은 저를 무척 아끼고 기특해하셨어요. 학원비를 낼 수 없는 상황이 되었을 때 대신 학원비를 내주기도 하고, 교재를 사주며 격려해주셨어요. 제 손을 잡고 기도해주시기도 하고요. 저는 배움에 엄청나게 목말라 있던지라 선생님의 존재가 너무도 감사했죠. 고등학교에 진학한 이후에도 지원을 많이 해주셨는데, 점점 선을 넘는 발언과 행동을 하셨고…… 그 다음부터는 말하지 않아도 아시겠지요. 관계를 끊어내는 과정이 무척 힘들었어요. 그는 제가 머릿속으로 상상해온 성폭력 가해자의 모습이 아니었거든요. 이 일에 대해서는 《시사인》에 한번 기고를 한 적이 있답니다. 제목은 〈선하고 친절한 성폭력 가해자〉. 제가 쓴 최초의 칼럼이에요.

대학 교수들은 더 교묘했어요. 증거가 남지 않게 행동하거나 말과 글을 이용해 마치 그 상황을 제가 통제하고 선택한 것처럼 보이게 만들었어요. 저는 고작 스무 살, 스물한 살이었어요.

자연과학대 교수였던 A는 동아리 지도교수였어요. 고민 상담을 해준다며 연구실로 불러서 무릎에 앉히려하고, 길게 포옹하고, 이마에 키스하고, 남자친구와의 관계를 묻고, 기념일마다 자신의 선물을 챙길 것을 요구하더라고요. A는 제가 인생에서 처음 만난 교수였고 교수와의 관계가 어떠해야 하는지 몰랐던 저는 휘둘릴 수밖에 없었죠. 너무 혼란스러워 A에게 물은 적이 있어요. '선생님, 저는 선생님과의 관계를 소중하게 생각하지만 가끔 저를 여자친구처럼 대하시는 것 같아 혼란스럽습니다.' 답장이 이렇게 오더라고요. '내가 너한테만 그러는 줄 아니? 너 정말 무서운 애구나. 이제부터는 너를 제외한 소수 정예하고만 어울리겠다. 역시 학생들에게는 잘해줄 필요가 없어.'

지금 생각해보면 A는 관심과 애정, 인정 욕구에 목말라 있는 위태로운 여학생들에게 지속적으로 접근해왔던 것 같아요. 다행히 그는 상습 성추행범인 것이 밝혀져 학교에서 추방당했습니다. 그를 상대로 한 재판을 다른 여자들과 오래 진행했어요. A의 경우에는 쉬웠어요. 누가 봐도 성폭력 가해자였거든요.

A교수 문제로 인문대 B교수에게 상담을 청했었어요. 사람들에게 존경받고, 저도 무척 신뢰하던 교수님이었죠. 스승이라고 생각할 만큼 제게 각별한 분이셨어요. A교수를 신고할까 고민 중이라고 말하니 B가 말하더군요. A교수가 불쌍하다고요. 그가 외로워서 그런 것 같다고요. 신고를 하면 서로 힘들어지는 경우가 많으니 웬만하면 신고하지 말라고요. 저는 그 조언을 따랐죠. 그리고 며칠 뒤 어느 날 밤에 B에게서 연락이 왔어요. 드라이브를 하지 않겠냐고요. 차 안에서 그가 저를 껴

네 곁에…… 내가 있어

안고 키스했어요. 다음날 연구실로 불러서 얼굴이 새빨개져서 저를 좋아한다고 하더라고요. 이후에도 몇 번 더 연구실로 저를 불렀고 저의 집에도 찾아왔어요.

저는 무엇을 하고 있었던 것일까요? 몇 해가 지났는데도 잘 모르겠어요. 확실한 건 그가 저를 만지지 않았더라면 더 좋았을 거라는 거예요. 저는 뭔가를…… 받아내고 있었던 것 같아요. 그의 고백을 들었던 날 충격에 빠져서 며칠 앓았어요. 제가 평소 같지 않고 우울해하니까 당시 남자친구가 걱정하며 집에 찾아왔어요. 상황을 간신히 이야기하니 남자친구가 말하더라고요. '난 또 무슨 별일이라고. 그걸 이용하면서 살아.'

당시 제게는 이 상황을 해석할 언어가 없었어요. 그래서 C를 찾아갔죠. 당시 제가 찾아가 면담을 신청할 수 있을 만큼 관계가 쌓였다고 생각한 교수는 남성뿐이었어요. C는 페미니즘 언론사에서 일한 경험도 있었고, 평소 수업에서 여성과 소수자 이야기를 종종 했고 여성의 날에는 제모를 하고 치마를 입고 오기도 하는 사람이었어요. C는 B 이야기를 듣더니 제게 이런 말들을 했어요. '이 상황에서는 네가 약자이니 하고 싶은 대로 다해봐. 선생님 끌어안고 자지도 좀 잡아보고 말이야. 그런데 나는 미나 몸을 언제 공부해보나?'

이게 제가 학계를 떠올리면 가장 먼저 기억나는 경험이에요. 연쇄적으로 겪었다는 게 이 이야기의 웃긴 포인트입니다. 하하하. 제가 혼란의 한가운데에서 이 이야기를 털어놓을 때마다 사람들로부터 들었던 웃긴 반응들 모음도 있어요.

"선생님 그러실 분 아니야." "나한테는 그런 일이 없는데 왜 너한테 그런 일이 자꾸 일어날까?" "선생님이 자기한테만 특별하게 대한다고 생각하는 애들이 꼭 있더라." 제가 들은 것 중 제일 웃긴 반응 베스트 1위는 이것이에요. "와, 중학교 때부터 진짜 섹시했나 보다."

모두 여성으로부터 들은 말이에요. 와하하. 웃기죠?

당시 저는 늘 제가 해오던 방식대로, 저와 비슷한 상황에 처한 인물이 등장하는 책을 찾아 읽었어요. 미련하게도요. 그러니까 남성 교수와 여성 제자가 어떤 관계를 맺는 책들이었죠. B교수는 제게 그런 책을 함께 읽자고 제안하기도 했어요. 읽을 때마다 여성 인물에 몰입할 수가 없더군요. 제가 느낀 것과 너무나 달랐어요. 와장창! 책을 신성하게 생각해오던 저에게 있어 책의 권위가 처음으로 무너지던 순간이었답니다.

기억나는 순간이 있어요. B교수에게 서울대에서 제가 느끼는 계급 차이와 공부를 지속하며 느끼는 경제적인 막막함을 토로하고 있었어요. 대학원에서는 아무리 제 능력을 총동원해도 일하지 않고 공부만 하는 학생과 비교하면 활용할 수 있는 시간의 격차가 생긴다는 것을 실감해 낙담하던 때였죠. B교수는 저의 그런 결핍이 오히려 장점이며 원동력이 될 거라고 격려해주었어요. 그리고 또 끌어안고 입을 맞추고 제 몸 이곳저곳을 만지다가 자기 자식을 데리러 가야 한다면서 가벼운 불평을 하고는 바이올린을 챙겨 연구실을 나갔어요. 그때 직감적으로 느꼈던 것 같아요. 그에게 저는 일상의 영역에서 벗어난 존재라는 걸요. 나는 이 직업의 세계에, 가족의 세계에 들어갈 수 없구나. 그리고 나는 이렇게 연구실에서 달콤한 말을 들으며 더듬어지는 존재가 아니라 저렇게 누군가의 귀찮은 존재가 되어 돌봄을 받고 싶은 거구나.

모르겠어요. 이때의 경험은 쓸 때마다 정확히 쓰는 데에 실패한다고 느껴요.

그때 제가 B나 C 교수를 찾아가는 대신에 선생님을 만나러 갔다면 어땠을까요? 무언가 달라졌을까요? 편지를 받고 그런 상상을 해보았는데, 어쩐지 십 년 전의 저와 십 년 전의 선생님이 만나는 그림이 영 떠오르지가 않아요. 왜인지는 잘 모르겠어요. 그때 선생님을 만났더라도 지금처럼 만나지지는 않았을 것 같아요. 지금 우리의 대화가 가능한 건 제가 그때의 시간을 통과했기 때문인 것 같거든요. 어떤 고난의 시간들은 결국 홀로 겪어낼 수밖에 없는 것 같아요. 그것이 참 외롭고 슬퍼요.

다른 우주에서는 B 대신에 이현정 선생님을 찾아간 제가 살고 있을 수도 있겠지요? 하지만 또 다른 우주에서의 삶은 그 삶 나름대로의 굴곡이 있을 것 같아 지금의 삶보다 더 낫다고 말하긴 어려울 것 같네요. 그냥 겪어야 할 일을 겪었다고 생각하고 살아야겠습니다.

저는 갈수록 선생님께 수다스러워지네요. 다음 편지에는 선생님께서 이어가고 싶으신 이야기를 써주세요.

2022년 6월 30일

네 곁에…… 내가 있어

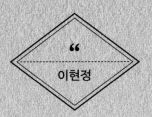

이현정

우리의 삶은

늘 삶을 넘어서고

미나에게

　오늘은 매번 쓰던 '하미나 작가님께'가 아니라 '미나에게'라고 보내고 싶어졌어. 사실 이래도 되는지는 잘 모르겠어. 이렇게 갑자기 내가 톤을 바꾸면 편집자님이나 독자들이 당황해할 수도 있겠지. 그런데 말이야, 아무리 생각해도 난 '하미나 작가님께'라는 호칭으로는 오늘 이야기를 나눌 수 없을 것 같아. 오늘은 네게 '친구'로서 편지를 보낼게. (네가 날 친구로 생각한다면, 다음번엔 너도 반말로 해주렴.)

　네 편지를 읽고 먹먹했어. 얼어붙는 것 같았지. 한동안 온몸을 꼼짝할 수 없었어. 나에게 침묵이 있다는 게 얼마나 다행인지……. 침묵 외에 더 나은 반응을 생각할 수가 없었어. 분노가 가득한, 불꽃이 이글거리는 눈빛으로 하는, 타오르는 침묵. 나는 정말 화가 날 때마다 그렇게 입을 닫곤 해. 말은 종종 중요한 순간에, 우리의 감정을 충분하게 표현하지 못하는 도구기도 하니까.

성폭력의 유구한 역사. 참 신기하지? 나도 같은 제목의 글을 쓴 적이 있어. 사실 반년도 채 되지 않은 일이야. 사람들은 50대 여자도 종종 성추행을 당한다는 것을 믿을까? 그날 나는 친구와 일식집 앞에서 자리가 나기를 기다리고 있었어. 7시 반쯤이었어. 조그마한 일식집인데, 대개 손님이 많지 않은 곳이었기에 당연히 자리가 있을 줄 알았지. 그런데 하필 그날 자리가 꽉 차서 밖에서 기다려야 했던 거야. 앉을 의자 하나 없어서, 그저 문 앞에 멍하니 서 있었어.

잠시 후, 소란스러운 소리와 함께 중년 남자 세 명이 가게에서 나왔어. 눈 깜짝할 사이, 그중 한 남자가 비틀거리며 오더니 내 엉덩이를 주물렀지. 순간 몸이 경직됐어. 아직 내 의식은 무슨 일이 발생한 건지 어리둥절한 상황이었던 그때, 다른 남자가 그 남자를 잡아당기면서 별일 아니라는 듯 웃으며 말하더군. "아이고, 너무 취해서 그래요." 너무 취하면 어떤 행동이든 용서가 되는 건가? 내가 싸늘하게 쳐다보니, 무슨 일이라도 날까 두려웠는지 서둘러 그 취한 친구와 함께 도망갔어. 파

출소에 데리고 가지는 못하더라도 화라도 냈어야 했는데, 난 그때 노려보는 것 외에는 아무것도 하지 못했어. 내 몸은 그 기분 나쁨을 소름끼치도록 절절히 느끼면서 얼음이 되어버렸는데 말이야.

내가 기억하는 첫 번째 성추행은 초등학교 4학년 때야. 1982년이었지. 당시엔 성폭력에 대한 교육이라곤 없었어. 담임은 40대 중년 남자였는데, 걸핏하면 "만일 너희랑 엄마가 같이 물에 빠지면 아빠가 누구를 구할 것 같니? 당연히 엄마지. 너희들이 아니야. 나도 부인을 구할 거야. 자식은 또 낳으면 되니까"라는 말을 하곤 했지. 왜 그런 말을 했는지는 지금까지도 모르겠어. 가학적인 성향이 있었던 걸까?

아침에 학교에 가면, 우리는 숙제 공책을 걷어서 선생님께 내야 했어. 선생님은 검토한 후에 한 명씩 이름을 불러서 가져가게 했지. 그런데 도대체 왜 그랬을까? 나를 비롯한 몇몇 여자아이들은 공책을 받아갈 때마다 선생님으로부터 젖꼭지를 세게 꼬집혀야 했어. 능글거리는 웃음을 내비치며 선생님은 말했지. "너는 도대체 언제쯤에야 가슴이 생기는 거냐?" "젖꼭지는 이렇게 잡아당겨 줘야지, 안 그러면 나중에 안으로 들어가버려서 사랑을 못 받아요." (아…… 이런 이야기를 하면서도

'선생님'이라고 호칭해야 되다니.)

중·고등학교, 그리고 대학교에 다닐 때까지, 버스와 지하철에서의 성추행은 말 그대로 '일상'이었어. 지하철에 서 있으면 뒤에서 몸을 밀착하며 비비는 남자들이 있었지. 추행을 당하지 않는 날이 당하는 날보다 적을 정도였어. 누군가 그럴 때마다 나는 돌아보는 게 무서웠어. 그 '괴물'과 눈이 마주쳤는데, 그도 나와 똑같은 '인간'이라는 걸 확인하게 될까 봐 말이야.

대학 때 좌석버스를 타고 집에 돌아올 때면 옆자리에 앉은 남자가 무릎 위에 서류 가방을 얹은 채로 그 밑으로 손을 뻗어 내 허벅지를 만지곤 했지. 좌석버스는 벌떡 일어나서 나가기도 어려운 구조였어. 일어나서 나가더라도 바깥쪽에 앉은 남자가 비켜주지 않으면 오히려 더 몸을 밀착해야 하는 끔찍한 상황이니까.

이처럼 내 삶엔 추행이 일상이었는데도, 우연히 이런 경험을 털어놓게 되면 여자 교수들조차 "아니, 도대체 성추행을 왜 당해?"라면서 마치 성추행이란 (자신들과 달리) 어딘가 모자라거나 행실이 좋지 못한 여자들만 겪는 문제인 것처럼 말했어. 솔직히, 난 저분들은 버스나 지하철을 타본 적도 없는 건지 의아했어.

그즈음 서울대에서 화학과 신정휴 교수의 성희롱

사건이 발생했어. 우리나라에서 공론화된 최초의 직장 내 성희롱 사건이지. 나는 학내 여성 모임을 만들어 활동하고 있었는데, 그 사건을 접하고 너무 침통했던 기억이 나. 받아들이기가 힘들었으니까. 왜 교수가 학생에게 그래야 하는 거지? 이해해 보려고 별별 생각을 다 했지만, 이해가 되지 않았어.

우리가 우희정 조교를 지지하며 신 교수의 잘못된 행동들을 도서관 옆 대자보로 고발했을 때, 몇몇 법대 학생들은 그런 방식이 합법적인 절차를 거치지 않은 '마녀사냥'이라고 비난했어. 문제가 있다면, 신 교수의 명예를 일방적으로 훼손하지 말고 정정당당히 법정에서 다투라는 거였지. 당시엔 성폭력에 관한 법률도 없던 때였는데, 만일 '정정당당히 법정에서 다투었다면' 어떻게 되었을까? 아마도 난 그때부터 '전문가적' 태도에 대해 냉소적인 마음을 갖게 된 것 같아.

우 조교의 용기와 수많은 여성들의 공감 덕에, 성희롱과 성폭력 문제는 다행스럽게도 곧바로 사회적 이슈가 되었어. 이를 해결하기 위한 법률 제정 운동도 진행되었고, 서울대에는 성폭력상담소가 설치되었지.

그 당시에는, 노력하면 세상이 조금은 나아진다고 믿었던 것 같아. 그런데 이제는 솔직히 잘 모르겠어. 나아지는 만큼 더 나빠지는 것들도 많으니까. 직접적인 폭력이 줄어드는 만큼 더 교묘한 수법들이 나타나기도 하고. 그건 꼭 성폭력뿐 아니라 많은 영역에서 그런 듯해. 우리 인간은 결국 그런 수준밖에 안 되는 게 아닌가 싶기도 하고……. 나는 농담처럼 학생들에게 그런 이야기를 하곤 해. 외계인이 지구를 방문하면, 아마도 인간들의 모습이 지긋지긋해서라도 침략이고 뭐고 그저 빨리 지구를 떠나고 싶을 거라고.

　미나야. 우리는 상처를 받았고 또 상처를 받았고 또 상처를 받았지만, 그리고 그 상처에 대한 기억들이 한참 지난 다음에도 우리의 몸을 휘두르지만, 너와 나는 여전히 살아가고 있지 않니? 나는 그 점이 중요하고, 또 우리는 친구로서 서로의 생존을 칭송해주어야 한다고 생각해. 'survive'라는 단어가 '넘어서sur'와 '살다vive'의 합이라는 건 참 의미 깊어. 우리는 살아가는 것을 '넘어서' 살아가고 있는 거야. 삶은 우리에게 상처를 줄 수 있지만, 우리는 그 삶을 넘어서 살아가기에 그 무엇도 우리를 파괴할 수 없어.

　지난번에 벤야민의《1900년경 베를린의 유년시절》이야기를 했지? 오늘, 네게 보내는 이 편지에서 이 책의 일부를 나눠볼까 해.

등에 매트리스의 감각을 느낄 때 비로소 불안이 완전히 잦아들었다. 그러고는 나는 잠이 들었다. 달빛은 서서히 내 방에서 물러났다. 그래서 두 번째 혹은 세 번째 잠에서 깨어날 때면 내 방은 이미 어둠에 묻혀 있는 경우가 많았다. 잠의 무덤가 위로 솟아오르기 위해서는 손이 가장 먼저 용기를 내야 했다. 꿈으로부터 자신을 엄호할 수 있었던 곳은 바로 그 무덤가였다. 전투가 끝난 뒤에도 가끔 불발탄의 습격을 받는 경우가 있기 때문에 손은 뒤늦게 다시 꿈에 빠져들지 않도록 주의하고 있었다. 그리고 한밤의 불빛이 깜박거리면서 드디어 내 손과 내가 진정되었을 때 이 세상에는 단 하나의 완고한 질문밖에 남지 않는다는 사실이 드러났다. 그 질문은 소음을 막기 위해 내 방문 앞에 걸려 있던 커튼의 주름 안에 깃들어 있던 것인지 모른다. 아니면 이미 지나간 수많은 밤들의 잔재에 불과한 것인지 모른다. 아니면 결국 그것은 달이 내 안에 퍼뜨렸던 낯선 느낌의 또 다른 측면인지도 모른다. 그것은 다음과 같은 질문이었다. 도대체 왜 이 세상에 무언가가 존재하는 것일까? 이 세상은 왜 존재하는가?*

* 발터 벤야민, 《1900년경 베를린의 유년시절/베를린 연대기》, 윤미애 옮김, 도서출판 길, 2007, 146-147쪽.

나의 피부에 남아 있는 기억의 감각들, 꿈이라는 무의식의 세계에 누적되어 있는 상처어린 경험들…….
그것들은 달빛이 비추어지면 우리에게 깨진 퍼즐 조각처럼 날카롭게 다가오지만, 어쩌면 우리는 죽을 때까지도 그것을 완전히 이해하거나 꿰어맞추지 못할지도 몰라. 벤야민이 던진 단 하나의 완고한 질문을 우리는 이렇게 뒤바꿔 물을 수 있겠지. 도대체 왜 이 세상에 이런 일들이 존재하는 것일까? 그리고 나는 왜 존재하는가? 그렇지만 우리는 알지. 우리에게 우 조교가 있었듯이, 지금 이곳에는 미나가 있고, 내가 있고, 무수한 나와 미나와 우 조교가 있고……. 용기들, 목소리들, 그리고 손잡는 행위들……. 그렇기에 우리의 삶은 늘 삶을 넘어서고, 결코 파괴되지 않을 거야.

2022년 7월 24일

현정

네 곁에…… 내가 있어

서로에게 반응하고

응답하는 것

현정아, 나야.

　이렇게 쓰고 나니 나의 무례함에 어쩔 줄 모르겠
다. 하지만 언니라면 재밌게 받아줄 것 같아서 한번 현
정아, 하고 불러보아. 그치만 역시 언니라는 호칭이 편
하고 좋다. 언니라고 불러도 되겠지? 싫다면 다음 편지
에서 이야기해줘. 원하는 이름으로 부를게.

　언니가 보내준 편지를 읽고 큰 위로를 받았어. 특히
마지막에 발터 벤야민의 책을 인용하며 덧붙여준 말을
여러 번 읽었어. 처음엔 무슨 말인지 잘 모르겠더라고.

　"나의 피부에 남아 있는 기억의 감각들, 꿈이라는
무의식의 세계에 누적되어 있는 상처어린 경험들……
그것들은 달빛이 비추어지면 우리에게 깨진 퍼즐 조각
처럼 날카롭게 다가오지만, 어쩌면 우리는 죽을 때까지
도 그것을 완전히 이해하거나 꿰어맞추지 못할지도 몰

라. (…) 그렇지만 우리는 알지. 우리에게 우 조교가 있었듯이, 지금 이곳에는 미나가 있고, 내가 있고, 무수한 나와 미나와 우 조교가 있고……. 용기들, 목소리들, 그리고 손잡는 행위들……. 그렇기에 우리의 삶은 늘 삶을 넘어서고, 결코 파괴되지 않을 거야."

베를린 거리를 걸으면서 이 문단을 여러 번 곱씹었어. 그리고 언니가 언니의 방식으로 나를 위로하고 있다는 걸 깨달았다. 우리가 함께 나눈 성폭력의 경험을 포함해서, 내가 언니에게 털어놓은 시간에 대한 감각이 어수선해지는 데에서 오는 두려움까지도 말이야.

언니는 내가 겪은 일, 우리가 겪은 일의 의미가 무엇이었는지를 해석해주거나 대신 이해시켜주는 것이 아니라 죽을 때까지도 그것을 완전히 이해하거나 꿰어맞추지 못할지도 모른다고 솔직하게 말해주었지. 그것이 여러 번 생각할수록 좋았다. 어쩌면 삶이란 그렇게 불가해한 것이니까. 쓰고 나면 놓친 것 같고, 목적지에 도착했다고 생각하면 새로운 여정이 또다시 시작됐다는 것을 알아차리게 돼. 성폭력의 기억은 더욱 그렇잖아. 쓸 때마다, 말할 때마다 혼란스럽지. 그 일을 반추하는 과정에서, 내게 왜 그런 일이 생겼는지를 따져보는 과정에서 매번 다르게 나의 과거를 추적하게 돼.

네 곁에…… 내가 있어

벤야민의 《1900년경 베를린의 유년시절》은 기억의 그러한 면을 잘 알고 있는 책 같았어. 이 책은 서사가 아니라 이미지와 소리 같은 감각이 불러일으킨 기억 속 장면으로 이루어진 책이더라. 무척 독특했어. 서사는 의미를 포함하는 경우가 많잖아. 우리는 서로 관련 있다고 여기는 장면을 묶어 하나의 이야기를 만들어내지. 장면은 의미화되기 이전, 날것의 재료로 존재하고 말이야. 벤야민은 이야기를 만들어내는 대신에 장면을 제시함으로써 이야기가 언제든 새롭게 다시 쓰이고 또 새롭게 발견될 수 있음을 말하는 것 같았어. 인간은 무언가를 이해하고 싶어서 이야기를 만들어내잖아. 우리는 매번 달라지고, 그럴 때마다 우리에게 필요한 이해도 달라지고, 그러면 우리가 만들어내는 이야기도 달라지게 되겠지. 반대로 우리는 우리가 만들어낸 이야기를 통해 무엇을 기다리고 바랐는지 알아낼 수도 있을 것 같아. 언니와 나는 각자가 해온 글쓰기를 통해 무엇을 기다리고 바라왔던 것일까.

도저히 이해해낼 수 없는 고통을 이해해보려는 시도는 마치 퍼즐을 맞추는 일 같아. 우리는 끝내 퍼즐이 모두 맞춰진 전체 모습을 알 수 없겠지. 하지만 퍼즐 조각 사이의 관계에 대해서는 알게 되겠지. 언니는 퍼즐 조각을 완전히 맞출 수 있다고 말해주는 대신 우리에게 관계가 있다는 걸 알려주었어. 우리에게 우 조교가 있고, 내게 언니가 있고, 언니에게 내가 있고, 또 무수한 언니와 무수한 나와 무수한 우 조교가 있다는 것을 말이야. 이 말이 왜 이렇게 감동적인지 모르겠다. 내 마음을 '감동'이라는 단어로밖에 표현할 수 없어서 속상할 지경이야.

나는 언니에게 편지를 보내고 언니는 답장을 하고, 내가 언니를 위로하면 언니가 또 나를 위로하고, 내가 언니에게 화를 내면 언니도 날카로운 답장을 보내고, 언니가 내게 "미나에게" 하고 보내면 내가 "현정 언니" 하고 답을 하는 것. 서로에게 반응하고 또 응답하는 것. 이런 것이 세상에서 가장 중요한 것 아닐까.

언니가 신정휴 교수 성희롱 사건 때 대자보를 붙였다는 이야기 역시 나를 위로해주었다. 내가 한참 A교수 재판을 진행할 때, 신 교수의 범행을 밝히는 데 참여하고 우 조교를 지지한 여자들을 많이 떠올렸었거든. 그들은 참 외로웠겠구나. 그럼에도 그들이 무언가를 했기 때문에 지금의 나는 조금 더 편안한 거구나. 이런 생각을 했었지. 우리는 익명으로 사건을 진행하느라 피해자들끼리도 서로를 몰랐거든. 매순간 어떻게 행동해야 할지 판단하기 어려웠어. 그때 과거에 나와 같은 상황에 처했을 여자들을 자주 생각했어. 도서관 옆에 대자보를 붙이는 언니의 모습이 내 머릿속에 생생히 그려지는 듯해. 그 모습이 외로웠던 시절의 나를 위로해준다.

언니. 나는 여기 베를린에서 수업을 들으면서 다양한 이유로 고국에서 상처를 받고 베를린으로 떠나온 사람들을 만나고 있어. 그들에게 듣는 이야기는 정말이지 참혹해. 한 국가 안에서 오랫동안 지속된 내전, 무고한 시민을 무자비하게 사살한 정부, 마약 생산과 유통으로 황폐화된 나라, 비극을 말하지 못하게 하고 없는 일로 덮어버리려는 권력자들. 고국을 떠날 수밖에 없었던 사람들, 삶의 터전을 잃어버리고 낯선 언어로 창작하는 사람들……

모두가 자신이 겪은 일을 담담하게 말했어. 우리는 가만히 들을 뿐이었고 그것이 얼마나 애통한 일인지 굳이 말하지 않았어. 말하지 않아도 되었어. 대신 각자의 상처들을 어떻게 예술로 만들 것인지를 훨씬 오래 이야기했다. 배우 캐리 피셔Carrie Fisher가 했던 말이 마음속에 떠오르더라. "부서진 마음을 안고 예술로 만드세요 Take your broken heart, make it into art."

언니, 나에게 마지막 질문이 있어. 우리는 왜 이토

록 고통에 집착하는 것일까? 왜 계속해서 고통을 들여다보고 괴로워하면서도 이곳에 머무는 것일까? 이 질문이 궁극적으로 떠올랐어. 언니에게 꼭 물어보고 싶었거든. 언니는 왜 괴로워하면서도 그토록 자살하는 사람들, 우울한 사람들, 아픈 사람들, 참사를 겪은 사람들을 들여다보냐고 말이야. 이 질문을 하려다가…… 왠지 질문에 대한 답을 이미 언니가 했다고 느끼기도 했어. 언니가 지난 편지에서 이렇게 말한 것을 보고 말이야. "삶은 우리에게 상처를 줄 수 있지만, 우리는 그 삶을 넘어서 살아가기에 그 무엇도 우리를 파괴할 수 없어."

어쩌면 언니는 그 무엇도 파괴할 수 없는 인간 안의 어떤 것을 보기 때문에 고통을 들여다보는 일을 계속하는 것이 아닐까. 인간 안의 부서지지 않는 어떤 것.

이건 어디까지나 내 추측일 뿐이니까, 언니가 어떻게 생각할지 모르겠어. 다음 편지에서 이야기를 이어가주기를.

고마워. 모든 것이.

2022년 8월 14일
미나

네 곁에…… 내가 있어

이현정

우리는 더 보듬어야 해

지금은 새벽 3시야. 식탁에 앉아 여섯 등분한 아오리 사과를 껍질 채 아작아작 씹어먹으며 이 글을 쓰고 있어. 3시는 내가 제일 좋아하는 시간이야. 새벽 3시와 오후 3시 모두 아주 애매한 시간이잖아? 밤과 아침 사이, 오후와 저녁 사이. 규정되지 않은 그 애매함을 좋아해.

편지를 받고, '아, 올 게 왔구나!' 하고 덜컥 무거운 (어쩌면, 무서운!) 마음이 들었어. 어떻게 답장을 쓰지? 세상에, 고통에 천착하는 이유라니…….

문득 초등학교 1학년 첫날, 학교에 가던 기억이 떠올랐어. 나는 주민등록등본을 기록하던 분의 '실수'로 만 5살 3개월에 입학통지서를 받았어. 유치원도 학원도 다녀본 적이 없었는데 말이야. 그 당시 생활기록부에 따르면 내 키는 겨우 1미터였어. 아무런 장비도 없이 허허벌판에 내던져진 기분이랄까. 그 후 무려 삼십 년 동안 계속될 '학생'으로서의 내 삶은 그렇게 시작되었어. 지금 기분이, 그때와 좀 비슷해.

부조리의 감각. 생각해보면, 나의 삶을 이끌어온 건 바로 그 감각이 아닐까 싶어. 남들에게는 '자연스러워' 보이는 것들조차 내겐 늘 이상하고 불편했으니까. 내 생애의 첫 기억은, 아마도 네다섯 살 때쯤일 거야. 부엌에 들어가니 엄마가 숨죽이며 흐느끼고 있었어. 빨간 '다라이'에 담긴 수십 마리, 어쩌면 백 마리쯤 되는 미꾸라지를 씻으면서. 엄마는 생선을 만지지 못하는 분이었어. 그래도 꿈틀거리고 미끄러운 생선 떼들과 울면서 사투를 벌여야 했지. 할아버지가 며느리에게 추어탕을 만들라고 시켰던 거야. 음…… 우리는 슬픔이라는 단어를 배우기도 전에 슬픔을 알게 되는 듯해.

인간의 고통에 본격적으로 관심을 두기까지, 내 마음을 흔든 여러 문학 작품들이 있었어. 중학교 때 동네 상가 지하에 있던 교회에서 삼성 세계문학전집을 만났지. 양장본에 아주 두꺼운 책들이었는데, 무슨 생각이었는지 그 책들을 하나하나 독파해 나갔어. 그런데 어째서 위대한 작가들은 고통, 죽음, 사랑, 그리고 아름다움에 집착하는 것일까? 그중에서도 까뮈Albert Camus의 《이방인》과 도스토옙스키Fyodor Dostoevskii의 《죄와 벌》

은 나를 완전히 '삐뚤어지게' 만들었어. 어머니의 죽음 앞에서도 눈물 한 방울 흘리지 않던 뫼르소, 그리고 세상으로부터 손가락질 받지만 그 누구보다도 도덕적으로 순결한 창녀 소냐. 작가들이 폭로한 세상의 불합리한 죽음, 고통, 부조리에 나는 조금씩 눈을 뜨기 시작했어.

인류학자로서 적절한 표현인지 모르겠지만, 나는 인간이 참 한심하고도 불쌍하다고 느껴. 어릴 적 트라우마든, 불합리한 제도든, 무례한 타인 때문이든, 혹은 생존의 지난함, 갑자기 들이닥친 사고, 머릿속 가득한 윙윙거림 등등 셀 수 없이 많은 이유로 우리는 늘 고통받잖아. 많은 이들이 고통 속에서 허우적대면서 살아. 심지어 어떤 이는 평생 고통 속에서 불행만을 느끼다가 죽지. 우리는 그 고통에서 벗어나는 방법을 잘 몰라. 고통은 끈적끈적하게 달라붙은 기름때처럼 삶 곳곳에 끈질기게 매달려 있어. 떼어내고 싶어도 떨어지지 않아.

너무 슬프지 않니? 누군가는 원죄 때문이라고 하고, 누군가는 인간의 이기심을 탓하고, 누군가는 개인의 충분치 않은 노력을 이유로 들겠지만, 나한테는 고통에 관한 그런 설명들이 잘 와닿지 않았어. 아니면, 불교의 가르침처럼 '삶은 고통이다'—이렇게 받아들여야 하는 걸까?

내가 좋아하는 철학자이자 사회운동가인 시몬 베유Simone Weil는 《중력과 은총》이라는 책에서 이렇게 말했어. "우리의 비참함은 우리가 만들어낸 것이 아니다. 그것은 실재하는 진실이다. 그렇기 때문에 소중히 여겨야 한다. 그 밖의 모든 것은 상상적이다."

　마치 중력처럼, 인간의 고통은 그 시작점이나 원인이 무엇이건 간에 우리의 삶에 가장 선명하게 실재하는 진실이라고 생각해. 지구가 우리를 끌어당기고 있듯, 고통의 문제는 우리의 삶을 늘 잡아당기고 있어. 중력을 벗어나려면 지구를 떠나야만 하듯이, 고통의 문제를 부정하기 위해선 이 세상 속 인간이기를 거부해야만 하겠지. 아마도 그래서 내가 고통의 문제에 이토록 집착하는 게 아닐까 싶어. 내가 인간인 한, 그리고 인간의 삶에 관심이 있는 한, 고통에 등을 돌릴 수는 없으니까. 고통을 직면하지 않고 인간의 삶을 논할 수는 없으니까. 고통만큼 강력하게 실재하고, 또 우리를 '인간답게(허약하고도 심오하게)' 만드는 것은 없으니까.

　한때는 너무나 답답하고 슬퍼서, 세상에서 고통을 없애고 싶었어. (이런 망상이라니! 고통이 무슨 용맹과 빛의 검만 있다면 처리할 수 있는 숲속의 뿔 달린 괴물도 아니고.) 한참 시간이 지나서야, 인간의 고통을 근원적으로 없앨 수는 없다는 것을 깨달았지. 숱한 노력과 협업 속에서 겨우 하나의 문제를 해결하면, 금세 다른 문제가 속성 재배 식물처럼 순식간에 쑥 올라와. 중국 농촌에서 자살률이 떨어지는 것과 동시에, 도시로 이동한 농민들이 착취적인 노동조건으로 인해 하나둘 죽어갔어. 아동노동이 금지되고 의무교육 연한이 늘어 학교에 다니게 되었지만, 오늘날 어린이들은 공부에 대한 압박 속에 생기를 잃어가고 있어. 빈곤과 폭력의 문제는 그 대상과 성격을 바꿔갈 뿐 끊이지 않아. 세상이 좋아졌다지만, 우울증과 외로움으로 괴로워하는 사람들은 늘어가고 있어. 무력감이 밀려왔어. 고통에 관한 연구를 지속해도 될까? 도대체 나는 연구자로서 살아갈 가치가 있는 걸까? 별별 생각이 다 들었어.

나는 이렇게 생각해. 고통이 중력이라면, 우리는 그 중력에 발을 딛고 삶을 꾸려가야만 해. 중력 속에서 집도 짓고, 마을도 만들고, 심지어 우주선도 띄워야 하지. 인간의 삶이 고통에서 벗어날 수는 없지만, 우리는 적어도 그 안에서 더 나은 삶을 상상하고 만들어나갈 수 있지 않을까? 고통을 단순히 불행이나 실패로 치부하는 대신에, 고통과 함께 다르게 살아가는 방법을 고민할 수 있겠지.

시몬 베유가 비참함을 소중히 여겨야 한다고 했던 건, 그 속에서 비로소 인간의 참된 능력을 발견할 수 있다고 생각했기 때문이야. 베유는 '은총'이라는 단어를 통해, 한없이 추락하는 세속적 불행 속에서 영혼의 상승을 이루어낼 수 있다고 보았어. 고통 속에서 탄생한 예술가의 창작이 아이러니하게도 우리에게 위안과 희열을 가져다주는 것처럼, 우리가 겪는 고통은 인간 사회의 부조리함과 폭력성, 실패를 적나라하게 드러내고, 우리가 고귀함을 잃지 않기 위해 어느 방향으로 걸어가야 하는지를 빛처럼 제시해줄 수 있겠지.

하지만 아무리 고통에 커다란 의미를 부여한다고 해도, 우선 고통은 견딜 만한 것이어야 해. 느긋하게 거리를 걷는 사람과 늪에 빠진 사람에게 중력이 같은 크기가 아니듯, 누군가에게 고통은 차라리 죽기를 바랄 만큼 힘들 거야. 만일 누군가가 "도와줘!"라고 소리를 지른다면 우리는 그 사람의 외침에 귀 기울이고 손을 내밀어 주어야 해. 도울 수 있는 사람이 많아질 수 있도록 상황을 주변에 널리 알려야 하고. 바로 이 지점에서 우리의 '고통에 관한 글쓰기'가 할 수 있는 실천이 있다고 생각해. 우리는 고통을 없앨 수는 없지만, 고통에 공감하고, 고통과 함께 잘 살아가는 방법에 대해서 나눌 수 있어. 귀 기울이는 일, 손을 내미는 일, 주변에 알리는 일, 함께 고민하는 일— 그것이 우리가 그동안 해왔고 지금도 하고 있는 일이라고, 나는 생각해.

　어느새 아침 8시가 되었네. 다행히도 비가 그쳤어. 그간 한국에서는 매일같이 쏟아지는 폭우로 많은 사람들이 피해를 입었어. 내 사촌 동생은 지하 주차장에 세워둔 차를 꺼내지 못했고, 학생 중 한 명은 전기와 수도가 끊겨서 친구네 집으로 피신했다고 해. 그리고 서울 관악구 반지하에 거주하던 판매서비스노동조합 홍수지 부장은 초등학교 6학년 딸, 발달장애인 언니와 함께 안타깝게 세상을 떠났어. 전날 병원에 입원했던 일흔이 넘은 노모만 홀로 남았어. 여성 넷의 공동 거주. 그 속엔 아이 돌봄, 노인 돌봄, 장애인 돌봄의 문제가 온통 똬리를 틀고 있어. 하지만 그들에게도 기쁨과 재잘거림의 소중한 순간들이 있었을 거야. 모두 하늘나라에서 좋은 기억을 나누며 평화와 안식을 누리기를.

　우리는 더 보듬어야 해.

2022년 8월 15일
현정 언니

맺음말

슬퍼하는 사람들과 그 곁에 있는 이들에게

。

처음에는 현정 언니에게 말을 걸기가 무척 어려웠다. 무슨 말을 해야 할지 모르겠어서 괜히 딴청도 부려보고 멋있는 척도 해보고 에둘러 말하기도 했던 것 같다. 언니가 어려운 사람으로 느껴져서이기도 했지만, '고통'에 대해 말하기가 어려워서이기도 했다. 자꾸만 엄숙하고 비장해졌고 그것이 불편했다.

책을 편집하는 과정에서 편지를 새로 읽을 때마다 언니를 새로이 알게 되었다. 내가 세상을 보는 방식대로 상대가 세상을 보아주기를 바라는 마음이 얼마나 큰 욕심이며 무례인가를 깨달았다. 이 편지를 나누는 일이, 나보다는 언니에게 더 큰 용기가 필요한 일이었음을 알게 됐다. 많은 순간 스스로 부끄러웠지만 천천히 받아들였다. 실수하고 무례를 범하는 과정을 겪으며 조금씩 고통에 대해 말하는 법을 익혀갔던 것 같다.

언젠가 언니와 이런 대화를 나눈 적이 있다.

"언니, 나는 이 책에 믿음이 생겼어. 쓰면서 무언가를 배우기 시작했거든. 그걸로 충분해."

"나도 그래."

우리는 서로에게 편지를 쓰며 이전과는 조금 다른 사람이 되었다.

돌이켜보면 우리가 일치하는 순간보다 어긋나는 순간이 더 멋졌다. 우리는 서로를 향한 인내심과 너그러움, 그리고 절대로 알 수 없을 타인의 영역에 대한 존중으로 그 순간을 통과해냈다. 언니가 말했듯, 우리가 언어 너머의 세계를 잊지 않았기 때문일 것이다.

고통은 가장 선명하게 실재하는 진실이다. 그 진실 앞에서 말들은 힘을 잃는다. 침묵으로 대신할 수밖에 없는 순간들을 만난다. 슬픔은 내게 말로 표현할 수 없는 세계를 보여준다. 인간인 나를 한없이 겸허하게 만든다.

이 책의 교정을 보던 10월 29일, 서울 이태원에서 압사 사고로 158명이 사망하는 끔찍한 참사가 벌어졌다. 참사 이후로 애도에 대해 오래 생각했다. 애도는 타인의 고통에 책임 있게 반응하는 일이며, 상실과 함께 살아가는 법을 배우는 일이다.

한편 애도는 무척 교육받은, 사회적인 태도이기도 하다. 배워야 알 수 있고 취할 수 있는 태도이다. 안타깝게도 한국 사회에서 자란 우리는 애도에 대해 제대로 배운 적이 없다. 언제나 잊으라는 말, 왜 이렇게 유난이냐는 말을 더 가깝게 두고 살았다.

앞으로도 오랫동안 우리는 서로에게 애도란 무엇인지를 가르치며 살아야 할 것이다. 그러는 동안 수많은 불일치를 겪어야 할 것이다. 상처를 받기도 할 것이다. 그렇다고 하더라도…… 불일치의 순간에도 피어날 우정의 힘을 믿게 된다면 좋겠다.

우리가 나눈 편지에서 그 힘이 조금이라도 전달된다면 좋겠다. 그것이 슬퍼하는 사람들과, 슬퍼하는 사람 곁에서 어쩔 줄 몰라 하는 사람들에게 도움이 된다면 좋겠다.

우리는 더 보듬어야 한다.

하미나